암천루

암천루

◇ ③ ◇

산수화
신무협 장편 소설

차례

1.
비무초친(比武招親)

선풍개(旋風丐)는 주변을 둘러보며 벌어진 입을 다물지 못했다.

서호 인근, 큼지막한 공터다. 어느 곳에서 봐도 서호의 아름다움은 퇴색되지 않는다지만 이곳에서는 시야가 확보되지 않는다.

서호를 보고자 한다면 누구라도 거할 만한 곳이 되질 않았다.

그곳에 선풍개가 서 있는 이유는 간단했다.

"놀랍군."

그는 속내를 숨기지 않았다. 순수한 감탄이었다.

공터 주변은 마치 작은 화포를 여러 대 맞은 것처럼 초토화가 되어 있었다.

파이고 무너진 땅, 부러진 나무부터 사방으로 흩어진 눈까지.

막강한 경력의 소용돌이가 휩쓸고 지나간 광경이다.

흔적만으로도 고수 둘이서 비무를 펼쳤다는 걸 알겠다. 그것도 그냥 고수들이 아니었다. 당장 선풍개 자신으로서도 승패를 장담키 힘든 내력의 고수들이었다.

'한 명은 검객이고…… 한 명은 봉술? 창술?'

튕겨진 경력이 나무를 완전히 파괴시켰고 스러지지 않은 검기가 땅을 후려쳐 무식한 흔적을 냈다.

선풍개는 혀를 내둘렀다.

'이룩한 경지도 대단하지만 구사하는 무공의 수준들이 엄청나다. 이 정도 절기들이 서로 부딪쳤다니, 도대체 어떤 이들이란 말인가.'

강호 견문이 높은 선풍개도 이 둘의 무공을 제대로 파악할 수 없었다.

다만 천하에서도 쉬이 찾아볼 수 없는 절공(絕功)들이라는 것뿐, 그 이상은 알아내기가 힘들었다.

'이만한 고수들이 서호에 왔다. 그렇다면 용곤문 측인가? 아니다. 그럴 리는 없어. 개파식으로 바쁠 용곤문일진대 이만한 고수들을 가만 내버려 둘 리가 없지. 허면 외부에서 온 고수라는 뜻인데…….'

뭔가 복잡해지는 느낌이다.

어떤 생각을 품은 이들인지 알 수 없지만 지닌바 무공이 막강하니 경계 대상이다. 힘을 가진 고수들이란, 언제 어느 때, 어떤 방식으로도 사건을 일으킬 수 있는 것이다.

"장로님."

그의 뒤로 한 명의 거지가 나타났다.

작달막한 몸.

누더기를 뒤집어썼음에도 눈에는 정기(正氣)가 치솟는다.

상승의 무공을 익힌 자, 선풍개와 함께 절강으로 들어선 광견단의 단원이었다.

"알아보았느냐?"

"예. 지금까지 보았을 때 사자보나 진악문, 전검무문의 무인들을 제하면 달리 주목할 만한 고수들은 없는 것으로 사료가 됩니다."

광견단이 그리 봤다면 분명 그럴 것이다.

"수상쩍은 움직임은 없고?"

"아직까지 외부에서의 별다른 조짐은 없습니다 만······."

"결국 용곤문이 문제라는 것이군."

"그렇습니다. 비무초친의 무인들을 선별하는 과정에서 몇몇 인사들이 보였는데 상상 못할 이름들이 나왔습니다."

"읊어 봐."

"드러난 고수만 해도 유협검(遊俠劍) 이종(李琮), 호왕도(虎王刀) 반승, 구신창(九迅槍) 허진(許震), 등천사궁(登天蛇弓) 황일번(凰壹樊) 네 명이나 됩니다."

선풍개의 눈에 기광이 어렸다.

이종이나 반승, 허진, 황일번은 결코 무시 못 할 고수들이다.

무시 못 할 정도가 아니라 한 지역에서도 혁혁한 무명(武名)을 날린 고수들.

어느 한 명만 있어도 놀라운 일인데 그런 고수들이 넷이나 있단다.

어지간한 분란이 생겨도 전투의 흐름을 바꿔 버릴

만한 힘이었다.

'이거…… 생각보다 훨씬 제법인데.'

한 지역의 패주(覇主)라 할 만한 재목들은 아니지만, 패주를 받쳐 줄 만한 기량들은 충분한 무인들이다.

당장 선풍개 자신만 하더라도 그들 중 두 사람과 맞선다면 '패배'라는 두 글자를 떠올려야 할 만큼의 절정고수들이라는 것이다.

"이종은 뭐야? 반년 전쯤만 해도 천하가 좁다고 날뛰던 호한이 아니었나?"

"그렇습니다."

"오강명처럼 종적을 감추었던 것도 아닌데 느닷없이 용곤문 소속으로 나타났다라……. 이거야 원, 뭐가 어떻게 돌아가는지 모르겠군."

답답한 일이다.

정보 제일이라는 평가를 받는 개방에서 이렇게 답답했던 순간이 또 있었나 싶을 정도였다.

아무리 발품을 팔아도 제대로 된 정보 한 자락을 얻을 수가 없었다.

틈이라도 있으면 쑤시고 들어가겠는데, 제대로 들

출 수조차 없었다.

희뿌연 안개를 아무리 헤치고 헤쳐도 없어지지 않는다.

"저쪽 동태에 조금 더 신경을 써. 이 공기, 어떤 일이 일어나도 이상하지 않다."

"알겠습니다."

"가 봐."

번개처럼 사라진 광견단원을 뒤로.

선풍개는 뒷짐을 쥐고 하늘을 올려다보았다.

추운 겨울, 구름 한 점 없는 건조한 날씨였다.

한동안 눈이 그리도 쏟아지더니 당분간은 햇빛 주변으로 몰려올 것 같지는 않았다.

'이번 일도 저 하늘처럼 맑고 정명했으면 좋으련만.'

제아무리 하늘이 맑다 한들 인간사에 문제가 없을 수는 없는 법.

항상 속고 속이는 정보의 세계에 있는 선풍개로서 너무나도 잘 알고 있는 이치였다.

하나 가끔씩은 마음 편히 두 다리 뻗고 거지로서의 삶을 살아가고 싶은 생각이 들 때가 있었다.

천천히 약동하는 음모와 귀계.

천하 격변을 알리는 진정한 시작이 이곳, 절강 용곤문에서부터 시작되리라는 것을 이때까지는 선풍개로서도 감히 짐작할 수 없었다.

*　　　　*　　　　*

"형님, 혹시 지금 우리가 여기에 놀러 왔다고 생각하시는 건 아니죠?"

장천의 한 마디에 강비는 자신도 모르게 머리를 긁적였다.

항상 나른하기만 했던 그의 얼굴에도 드물게 난감함이 드러났다.

장천은 어처구니가 없다는 얼굴로 말했다.

"아무리 그래도 그렇지, 대놓고 거기서 비무를 해요? 그것도 그냥저냥 싸운 것도 아니고 아주 주변을 박살 내놨던데요? 게다가 우승할 생각도 없다면서 예선에선 무인 하나를 제대로 분질렀다는 보고도 들어왔어요. 해명을 부탁드립니다."

해명할 것도 없었다.

갑작스레 흥이 올라 옥인과 한 판 시원스레 대무(對武)를 했을 뿐이다.

한데 뒤늦게 살펴보니, 이게 또 보통 섣부른 짓이 아니었다.

용곤문이나 개방, 어디에라도 경각심을 가지게 할 만한 충돌이었다.

둘에게는 산뜻한 비무였을지언정 그 흔적만큼은 남다른 것이었으니까.

최소한의 흔적을 지워 객잔으로 돌아왔지만 마음먹고 조사하려 든다면 이쪽으로 시선이 집중될 수밖에 없을 것이다.

더군다나 용곤문 안에서도 무인 하나를 피떡으로 조져 놓았다. 장천이 이렇게 열을 내는 것도 무리는 아니었다.

"미안하게 되었다. 갑자기 흥이 올라서."

"루주님이 왜 저까지 딸려 보냈는지 이해가 갑니다."

장천은 한숨을 쉬었다.

인피면구를 썼지만 하루 만에 이삼 년은 늙어 보이는 것 같았다.

하지만 이미 벌어진 일이다.

뒤늦게 해명을 요구하는 것보다 당면한 문제부터 해결해야 함이 옳았다.

둘은 머리를 맞대고 궁리를 거듭했다.

물론 답은 나오지 않았다.

하루 만에 흔적을 본 사람이 얼마나 많을 것인가.

개방이나 용곤문 측에서는 이미 흔치 않은 고수가 그곳에서 비무를 벌였다는 걸 알았을 것이다.

지워 낸다면 오히려 의심만 더 살 게 분명했다.

이래저래 문제였다.

"그냥 감수해야겠네요."

"뭐, 별 수 없겠지."

얄미운 답변이었다.

장천이 고리눈을 뜨고 강비를 노려보았다.

강비는 짐짓 모르는 척 창가로 시선을 돌렸다.

장천은 피식 웃었다.

항상 나른하고 오연했던 강비의 이런 모습을 보니 그건 또 그것 나름대로 유쾌했다.

"됐어요. 이왕 이렇게 된 거 우승이나 하시죠."

"우승?"

"그럼 저쪽에서 끝까지 모를 것 같아요? 비선각 정보에 의하면 비무초친에 절정고수들도 제법 끼어 있다고는 했지만, 형님에 비할 만한 이들은 없대요. 흔적을 봤다면야 개방이나 용곤문도 알겠죠."

"충격이 누적되면 질 수도 있어."

"질 수도 있다는 게 아니라 아예 지고 싶다는 말로 들리는데요."

강비는 다리를 모로 꼬았다.

못마땅한 기색이 역력하지만 이왕 저지른 일이라면 장천 말대로 끝까지 가는 수밖에 없다.

그것이 아니라면 아예 용곤문으로 완전 침투를 감행하거나, 둘 중 하나다.

"사태를 보도록 하자. 정 침투하기 어려운 상황이라면 뭐, 네 말대로 우승이라도 해 버리지."

"잘 생각하셨어요."

"비무초친이 며칠 안에 끝난다고 했지?"

"오 일이요. 오 일 안에 우승자가 가려질 겁니다."

"그래, 알았다."

그렇게 대략적인 작전이 세워진 시점이었다.

"제가 도와드릴 일이 있을 것 같네요."

홀연히 나타난 벽란이었다.

여전히 신비로운 존재감을 발하는데 눈을 감은 것
도 여전했다.

장천의 눈이 강비에게 향했다.

"도와줄 일?"

"네. 용곤문에 침투하실 작정 아니신가요?"

"맞는데."

"그렇다면 보다 쉽게 제가 나서야죠."

"무슨 수라도 있나?"

"술법에 대해서 잘 모르시죠? 이 기회에 술법의 힘
을 한 번 보여 드릴게요."

영문을 모르겠다는 두 사람을 뒤로한 채.

벽란의 모호한 미소만이 지닌바 능력의 자신감을
드러내고 있었다.

*   *   *

다음 날 밤.

두 사람이 모인 숙소로 벽란이 다시 나타났다.

"일단 외원의 풍경과 내원 일부는 그렸어요. 하지

만 그 이상은 알아내기 힘드네요. 저쪽에서도 술법에 대한 대비가 철저해요. 하라면 못할 것도 없지만 그러면 이쪽이 들키겠죠."

그녀가 꺼낸 한 장의 지도.

강비와 장천의 얼굴이 놀라움으로 물들었다.

그것은 다른 어떤 곳도 아닌, 용곤문 내부의 지도였다.

어떤 곳에 몇 명의 무인들이 보초를 서고 있는지, 그곳에 누가 거하고 있는지, 거하고 있는 자의 무력 수위는 어떠한지까지 세세하게 적혀 있었다.

"이런 것을…… 어디서……?!"

놀라울 수밖에 없는 일이다.

강호에 숱한 정보대대가 암중으로 파고들어도 얻어내지 못했던 용곤문 내부의 지도가 적나라하게 드러나 있었다.

그것도 그냥저냥 대충 만들어 낸 것이 아니었다.

마치 하늘 높은 곳에서 직접 내려다본 것처럼 명확했다.

"말씀 드렸잖아요. 술법의 힘을 보여 드리겠다고."

술법의 힘.

진실로 놀라운 힘이다. 도대체 어떤 조화를 부려 이런 지도를 만들어 냈는지 경악스러울 지경이다.

천리안(千里眼)이라도 가진 것일까.

정교하고도 정교한 지도였다.

어지간하면 놀라지 않는 강비도 순수한 놀라움을 드러낼 정도였다.

"묵계주인가 뭔가, 그걸 쓴 건가?"

"아뇨. 묵계주는 술사의 힘과 연결되어 기를 추적하고 일부를 보여 줄 뿐, 이처럼 세세하게 광경 자체를 보여 줄 순 없어요."

"하면……?"

"일전에 말하지 않았나요? 술사들 중에서도 제 특기는 부적술과 동조술법이라고."

장천의 눈에 광채가 떠올랐다.

"동조!"

"맞아요. 심력이 대단한 사람이 아니라면 누구라도 제 혼과 동조시켜 눈앞의 광경을 볼 수 있죠. 하지만 이런 경우는 사람보다 짐승이 나아요."

말이 끝남과 동시에 창가 밖으로 푸드득 소리가 울렸다.

천천히 창을 열어젖히니, 창문 너머의 헐벗은 나뭇가지 위로 서너 마리의 새가 앉아서 이곳을 바라보고 있었다.

날짐승이지만 분위기가 묘하다.

한낱 미물이 풍길 수 없는 기묘한 분위기를 풍기고 있다.

마치 사람처럼, 이곳을 정확하게 바라보고 있다는 느낌이다.

적어도 강비는 그것을 느낄 수 있었다.

강비의 입에서도 기어이 찬탄이 흘렀다.

"짐승과 동조하여 용곤문을 바라본 것인가?"

"그래요."

상식선 안에서 이해 가능한 힘이 아니었다.

짐승과 혼을 동조시켜 세상을 바라볼 수 있다니, 기가 막힐 일이다.

물론 이 또한 결코 쉬운 일이 아니었다.

저 술법과 사술, 환술로 이름이 높은 초혼방에서도 그녀만큼의 동조술법을 구현할 수 있는 자는 손가락 안에 꼽힌다.

그러나 정작 술법에 대해서 문외한인 두 사람은 술

법이 주는 기묘함이 매혹적일 수밖에 없었다.

마냥 놀라던 강비의 눈이 살짝 가라앉았다.

벽란의 얼굴, 다소 창백하다. 이전의 신비로운 기도는 그대로였으나 어딘지 모르게 피폐해 보였다.

"안 좋아 보이는군."

"짐승과의 동조술법은 그나마 쉬운 축에 속하지만 오랫동안 지속되면 혼(魂)에 무리가 와요. 어제오늘 조금 무리를 했거든요."

혼의 무리가 오는 것.

상단전(上丹田)을 이야기함이다.

하단전이 사람 몸의 중심이며 천지만물의 기(氣)를 다스린다면 중단전은 사람의 오욕칠정, 감정을 다스린다.

이 두 가지만 제대로 단련하기만 해도 절정의 고수라 할 수 있으며 어느 분야에 뛰어들어도 대단한 인재라는 평을 받는다.

그렇다면 상단전은 무엇인가.

상단전은 신(神)이 머무는 곳이다.

두뇌, 혼의 힘.

인간이 태어나면서 갖는 영혼의 힘, 즉, 영력(靈力)

인 것이다.

일찍이 상단전이 왕성하게 발달한 자는 귀신을 보고 사물의 본질을 파악할 수 있는 눈을 갖는다고 하였다.

제대로 단련한다면 천리안(千里眼)과 같은 인간이 상상할 수 없는 능력들을 두루 낼 수 있다고 했다.

물론 그만큼 부작용도 심각하다.

두뇌란 곧 사람이 움직일 수 있는 근본.

사람 몸에 어느 하나 중요한 곳이 없겠느냐만은, 뇌의 명령이 없이는 손가락 하나 까딱할 수도 없는 법이다.

그런 상단전이 자칫 잘못 단련되거나 분수에 맞지 않게 과하게 열리면 잡귀의 시달림을 받고 신열(神熱)을 앓는다.

종종 귀신이 들렸다며 명약으로도 고칠 수 없는 병자들이 이에 속한다.

벽란의 상단전은 분명 크고 방대할 것이다.

술법의 힘, 분명 기의 조화라지만 단순히 힘을 내고 몸을 날래게 하는 것 이상의 능력이다.

반면 그만큼 무리하게 사용한다면 파탄을 드러낸다.

흔히들 심법(心法)을 익힌 무인들이 내공을 고갈될 때까지 사용해서 내상을 입는 것과 같은 경우다.

자칫 잘못하면 광인(狂人)이 되거나 뇌가 터질 수도 있다.

"고생이 많았군."

"뭘요. 이 정도야 조금만 쉬어도 정상으로 돌아와요. 저는 이만 들어가서 쉴게요. 나머지는 두 분이서 알아서 하세요."

그리도 힘들어 보이면서 발걸음은 여전히 산뜻하다.

여러모로 신비한 사람.

장천은 정신없이 용곤문의 내부 지도를 훑어보았다.

"이거라면 일이 더 쉬워지겠는데요?"

찬탄이 나올 정도로 정교하다.

강비 역시 비무대에 올랐던 때에 용곤문 내부를 들여다보았지만 한계가 있었다.

그때의 기억을 살려 보니, 확실히 맞는 지도인 것 같았다.

"당장은 움직이지 마."

"알고 있어요. 내일이 용곤문 개파식이니 오늘 보초는 엄청나게 견고할 거예요. 적당하게 열기가 오를 날, 비무초친이 개최되고 난 이틀 후가 적당할 것 같아요."

사태를 정확하게 직시하는 눈이었다.

당장 지도가 앞에 나타났다 해도 혈기로 일을 그르치지 않는다.

경험에서 나오는 냉정함이었다.

"밤에 침투할 거냐?"

"아뇨, 낮이요."

"낮에?"

이건 또 예상외의 답변이다. 장천의 눈은 냉정했다.

"밤은 어둠이 도와준다지만 주변이 조용해서 조금의 기척만 드러내도 이목이 집중되죠. 한창 비무대의 열기가 왕성할 낮에 주변을 정탐하면 비록 은신(隱身)은 어려울지언정 파고들 여지는 훨씬 많아요. 저쪽에서도 허를 찔리는 거죠."

"아무리 그래도 너무 위험한 거 아닌가?"

"게다가 제가 익힌 무공도 그래요. 지금 혼원일정공을 어느 정도 다스릴 수 있지만 불확실한 곳에 목숨을 걸 필요는 없죠. 기척이 새어 나가도 도주할 수 있는 방법 역시 많고요. 한창 비무로 열기가 달구어질 테니 설령 은신술이 뛰어나다 해도 낮이 낫겠어요."

무력해결 전문이 아니라서 그럴까.

추적이나 무력에 대해서는 온갖 의뢰를 다 받았던 강비였지만 이토록 침투작전에 대한 것을 보아하니, 확실히 다르다는 느낌이었다.

평소에는 밝고 명랑한 장천의 모습도 지금은 무섭도록 진지했다.

전문가란 말이 괜히 나오는 게 아니었다.

본인의 기량과 상황, 시기 등 모든 것을 종합하여 작전에 임한다.

전장에서의 침투 작전과는 전혀 다른, 강호 무림에서의 작전이었다.

"내일 비무 예선이죠? 구경 갈게요."

"그래. 와서 주변 좀 둘러보고 그래라."

생각 외의 조력자로 인해 뜻밖의 보물을 얻게 된 두 사람이다.

그렇게 그날 밤은 다음 날 있을 용곤문의 개파식의 열기를 받아 고요하고도 뜨겁게 달아올라 지나갔다.

마침내 모든 것이 시작이 될 개파식.

강호에 용곤문이 처음으로 이름을 여는 날이 다가

왔다.

*   *   *

거의 성(城)을 방불케 할 정도로 크고 웅장한 대문
이다.

대문 가장 높은 곳에 용곤문(龍棍門)이라는 세 글
자가 떡 하니 박힌다. 그야말로 용사비등(龍蛇飛騰)
의 문체였다.

어떤 문인(文人)에게 부탁을 하여 썼는지 모르겠지
만 가히 천하에서 손꼽히는 석학의 필체라 할 만했다.

크나큰 대문이 열리고.

우레와 같은 소란성과 함께.

마침내 용곤문의 개파식이 시행되었다.

천하 각지에서 모여든 수많은 무인들과 용곤문의
개파를 축하하는 귀빈들까지 용곤문은 인산인해를 이
루고 있었다.

굳이 무인이 아니더라도 인근의 범부들 역시 한 번
기웃거리며 소문난 잔칫상에 수저 하나 걸치려 다가온
다.

놀랍게도 용곤문은 그런 이들조차 내치지 않고 성의를 다해 들였다.

대단한 처사다.

민초들에게 어떠한 위해를 가하지 않겠다는 암묵적인 모습이었다.

혹여 수작을 부릴 못된 심보의 무리들이 섞일 법도 한데, 전혀 개의치 않는 듯했다.

그러한 용곤문의 모습에 사람들은 감탄하였고 개파의 열기는 더욱 뜨겁게 달아올랐다.

축소가 된 내원 안까지 이르지 못했으나 외원의 크기가 어마어마하여 천여 명이 넘어가는 인원들을 넉넉하게 수용할 수 있었다.

건물 하나하나는 고풍스러운 맛이 가득했고, 곳곳에 만들어진 용상(龍像)과 무인상(武人像)은 내부의 멋을 더했다.

화려함보다는 진중함이 드러나는 건물 구도였다.

전에 한 번 본 적이 있었던 강비도 감탄을 금치 못했다.

의선문의 내부 전경과는 판이하게 다르다.

의선문보다 꽉 짜인 전략적 건물 배치는 둘째 치고

서라도, 은은하게 드러나는 위엄과 패기는 가히 발군
이었다.

드넓은 천하 어떤 무파(武派)에도 꿀리지 않을 내
부 전경이었다.

사람들이 바글거려 움직이기조차 힘든 용곤문.

그 와중에도 강비는 익숙한 얼굴 하나를 발견했다.

죽립을 눌러쓴 한 명의 검사였다.

매화검은 등 봇짐에 매었는지 허리춤에 찬 검은 저
잣거리 대장간에서 흔히 구할 수 있는 평범한 장검이
었다.

"강 공자."

죽립 밑으로 지어지는 포근한 미소.

엄격함으로 유명한 화산 문인답지 않은 미소. 바로
옥인이었다.

"오셨군요."

"와야지. 개파식과 동시에 비무를 거행하잖아."

"멋진 비무 기대하겠습니다."

"너무 기대하진 마."

"하하, 겸손한 말씀을."

옥인의 눈이 장천에게로 향했다.

"이분은?"

"일행이야. 천아, 인사해라. 화산파 매화검수 옥인이다."

짧고 멋없는 소개였다.

장천은 민망하게 포권을 취했다.

"장천이라 합니다. 명성이 드높은 화산의 매화검수를 뵙게 되어 영광입니다."

평소에는 그리도 순하고 밝더니, 공공연히 천하제일의 검문이라 불리는 화산의 매화검수를 향해서 만큼은 마냥 그러기 힘들었던 모양이다.

정중하고도 정중한 인사였다.

옥인 역시 손을 맞잡았다.

"화산의 옥인입니다. 잘 부탁드리겠습니다."

장천이 정중했다면 옥인 역시 그 못지않게 정중했다.

높은 무공을 연성했음에도 상대방을 경시하지 않는다.

예와 법도를 잃지 않는 명문가의 모습이다.

장천은 팔꿈치로 강비를 쳤다.

"혹시 이전 서호 옆에서 비무를 벌이신 게……?"

"맞아. 이 친구야."

스스럼없이 묻어나는 감탄의 눈빛이다.

강비가 얼마나 강한지 대략적으로나마 아는 장천에게는 아무리 화산의 매화검수라 할지라도 놀랄 수밖에 없었다.

옥인이 민망한 듯 손을 저었다.

"무(武)를 겨루었으나 누가 보아도 저의 패배였습니다. 강 공자가 손속에 사정을 두었지요."

강비가 피식 웃었다.

"무서운 소리를 잘도 하는군. 거기서 힘 뺐으면 내 목이 달아났을 거다."

장천이 옥인에게 감탄했다면 옥인 역시 장천에게 아니 감탄할 수 없었다.

숱한 무재(武才)들을 봐 온 안목은 강비조차도 훌쩍 넘어선 옥인이다.

한눈에 장천의 재능을 알아볼 수 있었던 것이다.

'대단한 재목이다. 세상에 이런 천재가 또 있었구나.'

기세가 드러나진 않았지만 일신에 서린 기도 또한 보통이 아니었다.

아직 화산의 매화검수들에 비한다면 제법 손색이 있었으나 독특함이 남다르다.

필시 근시일 내에 막강한 고수가 될 것 같았다.

"일단 가지."

그렇게 세 사람은 개파식이 거행되는 장소까지 걸어갔다.

두런두런 이야기를 나누다 보니 어느새 거대한 연무장 앞이다.

너비가 실로 어마어마한 연무장(鍊武場)이었다.

연무장 전면에는 큰 건물이 세워져 있었고, 좌우측으로는 수많은 사람들이 앉아 벌써부터 개파식과 비무의 열기를 고조시키고 있었다.

"사람이 참 많군요."

이렇게 많은 사람들의 열기가 휘몰아치는 곳.

옥인으로서도 처음인지 가볍게 상기된 얼굴이었다.

용곤문에서 어떤 일을 꾸미고 있든, 수상한 무언가가 있든 확실히 이 열기는 대단했다.

절강에 있는 모든 사람들이 축제를 벌이고 있는 것 같았다.

시끌벅적 타오르는 공기.

더 이상 오를 수가 없는 고조된 분위기 속에서.

마침내 저 건각군 정상, 특이하게 지어진 휘장이 쫙 열리며 한 명의 중년인이 모습을 드러냈다. 동시에 사방에서도 우레와 같은 함성이 터졌다.

"우와아아!"

"용곤문주! 오 대협이다!!"

"과연! 저 비범한 자태를 보게!"

중년의 나이답지 않게 군살 하나 없는 몸.

비단 무복 위로 새하얀 장포 자락을 걸쳤다.

곱게 넘긴 머리에는 고풍스러운 관을 썼고 깔끔하게 수염을 다듬은 모습이 그야말로 장중함의 극치였다.

흑백이 또렷한 눈동자 속에 날카로움이 깃든다.

평소에는 누구 못지않은 호인(好人)이나, 악인을 징벌할 때는 누구보다 비정(非情)해지는 마력적인 무인의 안광(眼光)이 사방을 굽어본다.

이토록 많은 사람들 앞에서도 강렬하게 발해지는 존재감.

꽉 짜인 기도가 놀라우리만치 웅장하다. 일가(一家)를 이룬 자만이 보여 줄 수 있는 비범함이 끝 간 데를 모르고 퍼져 나가고 있었다.

비정철곤 오강명, 용곤문주의 모습은 그처럼 인상적이었다.

가볍게 주변을 둘러보며 포권의 예를 취하는 오강명.

"보잘것없는 본문의 개파식을 축하해 주기 위해 이토록 많은 분들이 왕림하셨으니, 이 오 모의 기쁨은 말로 형용할 수가 없소이다. 칠 일간, 많은 분들을 모시고자 조촐하게나마 잔칫상을 열고, 그 못지않은 식(式)을 준비했으니, 부디 잡다하다 여기지 마시고 맘껏 즐기시길 바라겠소."

우렁우렁 하게 퍼지는 목소리.

내공을 한껏 담은 목소리가 부드럽게 사방으로 흘렀다.

그토록 시끄러웠던 좌중들의 목소리를 완전히 누르고 퍼져 나가는 목소리는 참으로 듣기가 좋았다.

대단한 내공조예(內功造詣)였다.

"지금 이 시간 부로, 정식으로 용곤문의 개파식을 시행하겠소."

정점을 찍는 목소리.

"우와아아!"

바람을 타고 하늘 끝까지 치솟는 분위기였다.

몇 마디 하지도 않았지만 그 존재감과 분위기만으로도 좌중의 기분을 정상으로 치닫게 만드는 능력이었다.

수많은 사람들이 일제히 일어서며 환호성을 지르니, 그야말로 장관이 따로 없었다.

정식으로 개파한 용곤문.

연무장 전면에 있는 큰 문이 열리고, 그곳에서 많은 수의 무인들과 각종 예인(藝人)들이 줄을 지어 나온다.

개파식의 축하연(祝賀宴)이었다.

강호의 유명한 예인들이 제각기 재능을 뽐내며 유쾌한 음악을 퍼트린다.

제대로 각을 잡은 무인들은 서릿발 같은 기세로 자리를 지키며 용곤문의 위용을 자랑하고 있었다.

장엄한 광경이었다.

어떠한 명문대파(名門大派)에서 이만큼의 장관을 보일 수 있을까 싶을 정도였다.

옥인은 순수하게 감탄했다.

연무장에서 행해지는 축하연은 수많은 사람들의 시

선을 한 번에 집중시킬 정도로 흥겨웠고, 뛰어났다.

절로 어깨를 덩실거릴 만큼 분위기를 일파만파 키워 나간다.

그러나 옥인과는 달리.

강비와 장천의 눈은 사방을 훑고 있었다.

지나치다 싶을 정도로 많은 사람들 속, 숨은 무인들을 찾는 눈동자.

그들의 눈에 비범한 자와 그렇지 못한 자, 무공을 익힌 자와 그렇지 못한 자, 무언가를 꾸미는 자와 순수한 목적으로 이곳에 온 자들이 하나둘 머리에 쌓여가고 있었다.

장천의 눈이 빛났다.

"형님, 손님들이라고 온 이들 곳곳에 희한한 놈들이 껴 있어요."

"나도 보았다."

너무나도 많은 사람들이 제각기 엉켜서 제대로 파악하기 힘들었지만 분명히 존재한다.

겉으로는 환호성을 지르지만 두 눈만큼은 한없이 냉정한 이들.

단순히 용곤문의 축하를 위해서 온 사람들이 아니

리라.

용곤문에 흥미를 느끼는 자들도 아니다.

오직 이곳, 용곤문에 무언가를 캐기 위해 온 자들이었다.

그 대부분이 타 문파에서 염탐을 보내 온 것에 불과했지만 개중에는 다소 위험한 느낌이 물씬 풍기는 자들도 있었다.

그토록 거리가 멀었음에도 잡아낼 수 있을 만큼, 장천의 경험은 풍부했고 강비의 눈은 예리했다.

"용곤문 무인들까지 사람들 틈에 끼어 있다. 무슨 의도인지 알 수가 없군."

워낙 사람들이 많아서 기도로 파악하긴 불가능하다.

그러나 소소한 자세에서 오는 몸가짐과 눈빛, 발걸음까진 숨길 수 없다.

"아마도 사람들 틈에 섞여 있는 불손한 무리들을 잡아내려는 의도겠지요."

"그럴 거면 애초에 사람을 골라서 들여보내면 되지 않았던가?"

"그렇게 되면 대외적으로 보이는 모습에 타격이 있을 수밖에 없습니다. 용곤문은 무공 한 자락도 모르는 범부들까지 서슴없이 수용했어요. 이른바 민심을 잡은 겁니다. 정대한 무파(武派)라는 인식을 제대로 각인시키는 거죠. 방법이 마냥 좋다고 말할 수 없지만, 이 조그마한 행동에 발산되는 효과가 큽니다. 아마 절강에서 용곤문의 위명은 근시일 내에 높이 치솟을 겁니다."

확실히 장천의 눈은 날카로운 데가 있었다.

정보를 취급하며 사건의 틈과 연결 고리를 파악하는 눈이 있어서일까.

바라보는 관점부터가 달랐다.

"형님 저기."

일순 낮게 소곤거리는 목소리.

강비의 눈이 장천이 가리키는 곳으로 향했다.

먼 거리였지만 그가 누구를 가리키는지 너무나도 잘 알겠다.

평범한 무복을 입은 사람이다.

평범한 체구에 평범한 얼굴. 무엇하나 특색 있는 것이 없다.

하지만 그를 본 강비의 눈동자가 빛났다.

"개방?"

떗물을 전부 씻고 평범한 무인의 몸으로 변장했지만, 보는 순간 알 수 있겠다.

상승의 경지를 경험했는지, 그러지 않았는지는 눈빛과 자세만 봐도 알 수 있는 법.

자신도 모르게 몸에 밴 습관 때문이다.

앉았다 일어서는 와중에도 상체의 흔들림은 전혀 없으며, 환호성을 지르는 과장된 행동 속에 자유분방함과 절제됨이 공존했다.

개방의 무공을 견식해 본 적은 없었지만, 본능적으로 알아보았다.

"맞아요, 개방입니다. 선풍개가 왔다고 하더니 아마 광견단의 단원 중 하나겠죠."

장천의 눈썰미는 가히 발군이었다.

이 수많은 사람들 중에, 그것도 변장까지 한 개방의 고수를 알아본 것이다.

"이거야 원 축제인지 전쟁인지 알 수가 없군."

"복잡하게 생각하실 거 없습니다. 간단하게 나누면 그만이죠. 순수하게 들어온 자, 뭔가 의도가 있는 자. 순수하게 들어온 자들 중에서도 문제를 일으킬 수 있는 자와 그렇지 않은 자. 의도가 있는 자들 중에서도 조용히 물러설 것 같은 자와 그렇지 않을 것 같은 자.

이렇게 천천히 나누다 보면 대략적으로 움직일 수 있는 반경과 상황이 연출될 겁니다. 대부분 우리의 행보와 큰 상관이 없으니 그나마 다행이죠."

급할수록 돌아가라.

엉킨 실타래도 차근히 풀면 생각보다 쉬이 풀리는 법이다. 장천은 어린 나이에도 그와 같은 이치를 체득하고 있었다.

그렇게 시간이 흘러 어느새 축하연도 끝나 갔다.

축하연이 끝난 후 용곤문에 속한 유명 무인들의 소개 차례가 되었다.

천천히 나열이 되는 이름들.

연무장 앞으로 나선 수많은 무인들 중 단연 돋보이는 절정의 고수들이 있었다.

철탑과도 같은 체격에 등에는 도무지 잡고 휘두를 수 없을 것 같은 커다란 칼을 쥔 자.

강비도 한 번 마주친 적이 있는 호왕도 이종이었다.

그 외에 유협검의 별호를 가진 이종, 구신창 허진, 등천사궁 황일번 등이 차례로 소개가 된다.

좌중은 놀랄 수밖에 없었다.

한 명, 한 명이 각 지역에서 명성이 높은 이들이다.

천하를 위진시키는 명성은 아니라지만 적어도 한 지역에서는 모를 수가 없는 고수들이 턱턱 나오고 있었다.

그 외에도 산동성(山東省)에서 권법으로 유명한 괴암권(怪岩拳)이라든지, 사천에서 뛰어난 명성을 자랑한 광검(狂劍) 등이 소개를 받는다.

이전 축하연이 흥을 돋우었다면 이번 소개장은 좌중의 놀라움을 이끌어 냈다.

어느 한 방면에서 달인의 소리를 들어도 부족함이 없는 고수들이 용곤문의 소속으로 나온다니 충격을 받을 수밖에 없는 것이리라.

장천의 눈이 가느다랗게 뜨였다.

'이 정도의 전력……! 구대문파에 비하긴 어렵지만 여느 중소문파와는 차원을 달리한다. 도대체 무슨 수완으로 저런 고수들을 끌어들였을까.'

어느 한 지역에서 영입한 것이 아니다. 산동, 사천, 호남, 하북 등등 각 지역에서 배출한 절정고수들이 용곤문으로 영입된 것이다.

놀랄 수밖에 없는 일이다.

놀라움만큼이나 위험한 공기를 느낀다.

머릿속에서 경종이 울린다. 그토록 먼 곳에서 절강으로 모여든 고수들의 면면을 보니 심장마저 차갑게 식는 기분이었다.

'확실히 뭔가가 있다.'

장천이 소개되는 절정고수들을 보며 위험을 느꼈다면 강비는 저 높은 곳, 고풍스러운 의자에 앉아 이곳 전체를 굽어보고 있는 오강명을 보며 기이한 느낌을 받았다.

'실로 강하다.'

잔잔하게 드러나는 기도.

대부분의 사람들은 인식조차 하지 못할 정도로 주변과 녹아들었지만 저런 기도는 정말 흔치가 않다.

중년의 나이, 협의지도(俠義之道)를 세우며 온갖 악인들과 전투를 감행했다고 들었는데, 말 그대로 백전노장(百戰老將)의 분위기를 풍긴다.

더불어 느껴지는 무력.

감에 불과하지만 최소한 맞붙어 쉽사리 이길 수 있을 것 같지가 않았다.

강비 역시 끊임없이 성장하는 와중이라지만 미약하

게 드러난 오강명의 기도를 보건대 일전에 싸웠던 비사림의 광호란 작자보다도 한참은 강할 듯했다.

'현성진인의 아래가 아니야.'

그랬다.

남존무당의 장로, 현성진인이 생각나게 하는 무력이었다.

몇 달 동안 믿을 수 없을 만큼 성장한 강비라 하나, 지금이라고 그때의 현성진인을 이겨 낼 수 있을지 자신이 없었다.

그것은 즉 지금 당장 오강명과 싸우면 십중팔구 패배를 염두에 두어야 한다는 것이다.

아직 오십도 되지 않은 나이에 무당파의 장로 현성진인에 필적하는 무위라 하면 그 얼마나 대단한 것인가.

세상이 놀랄 일이다.

무인들의 소개가 끝난 후.

다시 한 번 몸을 일으키는 오강명이었다.

"본 개파식 전반의 짧은 연회가 끝이 난 지금, 이제는 사전에 공표한 바와 같이 비무초친에 대해서 언급을 해 볼까 하오."

비무초친이라는 네 글자가 주는 파급력은 그야말로 엄청났다.

웅성거림이 환호성보다도 크게 들릴 지경이다.

용곤문의 개파식에서도 가장 큰 화젯거리라고 한다면 단연 비무초친이다.

무인들끼리 비무를 하여 최강자를 뽑아 오강명의 딸과 혼인을 하는 것.

절강 무림만이 아니라 적어도 강남 전 지역을 들끓게 하는 화제 중에 화제다.

"삼 년 전, 연이 닿아 내 아리따운 딸을 얻게 되었소. 양녀(養女)라 하나 누구보다도 애지중지하는 딸이외다. 부녀지간을 맺고 담소를 나누던 도중, 혼인에 대한 언급이 나왔소. 딸의 말을 듣고는, 그리도 강자(强者)에 대한 애정을 갖고 있을 줄 나조차도 몰랐던 바요. 이곳에 와계신 수많은 정명한 무인들이 있으니 어느 분이 우승을 해도 모자람이 없는 바, 부디 가진 용력을 발휘하여 누가 되었든 이 오모와 집안사람이 되어 오붓한 정을 나누길 바라오."

온화하고도 부드러운 와중 엄격함마저 갖춘 어조였다.

형용불가의 화술이다.

그의 한 마디, 한 마디는 말 못할 분위기를 담고 있어 좌중을 쥐었다 폈다 하고 있었다.

"내 놀랍게도 참가 희망자가 상당히 많았다 들었소만 취지상 아무래도 거를 필요는 있었던 바요. 이 점, 충분한 양해를 부탁드리며, 해서 무력이 확인된 총 아흔여섯 분의 강건한 무인들이 선출되셨소. 약 한 시진 후에 이 연무장에서 비무초친의 예선이 시작되니 아무쪼록 별 탈 없이 진중한 무인들의 비무를 펼쳐 주시길 진심으로 기원하오."

그렇게 길고도 짧은 개파식의 진정한 막이 열리게 되었다.

용곤문 내에는 엄청난 양의 식사가 제공되고 있었다.

어디서 그런 물량을 확보했는지 수많은 사람들이 식사를 하고 술을 원해도 부족함이 없이 나왔다.

이리저리 끼어 식사를 하는 일행.

옥인이 물었다.

"강 공자는 몇 번째로 출전하시는지요?"

"글쎄. 번호는 삼십오(三十五)인데 무작위로 뽑히

는 거라 언제 시작할지는 모르겠군."

"어쨌든 예선이라 해서 조금 가볍게 봤는데 거의 백여 명이나 선발이 되었군요. 생각보다 규모가 훨씬 커서 놀랐습니다."

"그래, 나도 놀랍다."

옥인이 다소 짓궂게 물었다.

"혹 우승을 하시게 되면 아리따운 부인을 얻으시는 건가요?"

강비가 피식 웃는다.

같잖지도 않다는 투였다.

"일로 온 거다. 의뢰를 마치게 되면 설령 우승을 해도 내 알 바는 아니지. 얼굴 한번 못 본 사람인데 혼인은 무슨."

예상했던 것보다 훨씬 담담한 반응에 옥인이 당황해 버렸다.

물론 강비가 업무상 이곳에 왔음을 알고는 있었지만 우승을 해도 혼인은 안 하겠다니, 파격적인 언사라고밖에 생각할 수가 없다.

"그것 참……."

"너도 한 번 출전해 보지 왜 안 했어?"

옥인이 얼굴을 붉혔다.

"아, 저는 배우러 온 것이지 혼인을 원해서 온 것은
아니니까요."

"구경하는 것보다야 직접 치고 받는 게 아무래도
공부에 유용하지 않겠어?"

"게다가 화산의 문규(門規)상……."

"화산에는 혼인을 하지 말라는 문규가 있나?"

"그것은 아닌데, 그……."

지닌 무공은 실로 대단한 수준인데 사람은 왜 이리
도 순진한지 모르겠다.

옥인은 거의 횡설수설하다시피 하고 있었다.

농담을 별로 좋아하지 않는 강비로서도 계속 건드
리고 싶은 뭔가가 있다.

"됐다. 더 하면 아주 얼굴이 폭발할 것 같군."

"하하."

비무가 시작되기 전, 긴장과 흥분이 있을 법도 하건
만 그들의 대화는 지나치게 유쾌한 바가 있었다.

강비의 나른한 얼굴은 변함이 없고, 그 앞에 앉은
두 사람 역시 자연스레 웃음을 머금는다.

비록 인피면구를 썼다지만 독특한 분위기의 세 사

람이 담소를 주고받는 광경은 묘한 끌림을 발하고 있었다. 은연중 세 사람을 바라보는 눈이 많았다.

기도를 드러내지 않아도 헌앙함이 남다르기 때문이다.

좌중의 시선을 끌었음인가. 한 명의 중년인이 그들에게로 다가왔다.

꼬질꼬질한 옷. 허리춤에는 일곱 가닥의 매듭을 매었다.

옷은 더럽되 머리카락은 잘 정돈이 되었고 땟국도 없다. 옷을 제외한 외관을 보자면 글공부 깨나 한 문사라 보아도 무방할 듯싶었다.

"이거, 용곤문 한 번 구경하러 왔다가 기가 막힌 젊은이들을 보게 되는군."

장천의 눈이 반짝이고 강비의 나른한 눈이 빛났다.

옥인의 눈에도 놀라움이 어린다.

넝마에 가까운 옷차림.

허리춤에 묶은 일곱 가닥의 매듭.

방 내의 신분을 매듭으로 결정하는 방파다.

자유로이 세상을 살아가는 거지들의 집단, 그것도 일곱 매듭이라면 장로(長老)의 직위를 가진 강호의 거물이라 할 만하다.

유려한 눈매 속 한 줄기 날카로움이 감도는 중년 거지.

바로 선풍개였다.

옥인이 일어나 가볍게 포권을 취했다.

"개방의 선배님을 뵙습니다."

"허! 이거 놀랍구먼. 그토록 젊은 나이에 기도가 엄청나군. 매화검수의 수준은 한참이나 뛰어넘었어. 들리는 소문에 의하면 은거하신 무제(武帝)께서 입이 닳도록 칭찬한 천재가 있다고 들었는데, 혹, 옥인이란 도호를 쓰지 않던가?"

놀라운 안목이다.

허리춤에 매화검도 없는데 한눈에 정체를 파악해 버린다.

강호 견식이 다른 이들과는 근본적으로 달랐다.

정보를 취급하는 개방, 장로라는 직위를 그냥저냥 가진 것은 아니다.

"그렇습니다."

"반갑군. 절강에서 화산의 검수를 보게 될 줄이야. 그것도 백년지재(百年之才)라는 천재를. 눈이 다 호

강하는구면."

말은 칭찬이었지만 묘한 속뜻을 담았다.

바라보는 눈길이 마냥 순수할 수는 없다. 용곤문에 찾아온 화산의 매화검수, 개방의 입장에서는 또 여러 가지를 생각할 수 있는 것이다.

옥인은 담담하게 말했다.

"수행을 하는 와중입니다. 본산의 어른께서 한 번 들르라 하여 부득불 찾게 되었지요. 배울 것이 많다고 하셨으니 한 자락 깨우침이라도 얻길 바랄 뿐입니다."

부드럽게 넘기는 말투다. 한 점의 삿된 의도도 없다.

한 번 시험해 볼 요량으로 말을 건넸는데, 오히려 감탄을 하게 된다.

선풍개의 얼굴에도 미소가 어렸다.

"이거 거지가 민망하게 말투가 경망되었군. 내 사과하겠네."

"어인 말씀을. 감당키 어렵습니다."

옥인은 약간 당황스럽게 말했다.

개방의 장로라면 그의 사부와도 같은 배분이다.

그럼에도 먼저 사과를 건넨다. 자유분방한 개방이

라 하나 이 또한 쉬운 일이 아니다.

과연 정보를 다룬다지만 또한 협에 목숨을 거는 개방의 장로다운 품격이었다.

"한데 이쪽 분들은 또 뉘신가. 괜찮다면 소개를 해 주지 않겠나?"

"아, 그것이······."

약간의 난감함을 드러내는 옥인이다.

비록 전부를 아는 건 아니지만 강비나 장천이나 표면 위로 드러난 이들이 아니라는 걸 모를 수 없다.

강호의 암중에서 일을 처리하는 또 다른 강호인들이다.

마냥 조심스러울 뿐이었다.

그러나 그의 난감함을 먼저 해소시켜 주는 사람이 있었다.

장천이었다.

"말학(末學) 장천이 개방 선풍개 장로님께 인사드립니다."

선풍개가 한눈에 옥인의 정체를 꿰뚫었다면 장천 역시 눈앞의 사람이 선풍개인 것을 보자마자 알았다.

그저 체내에 숨긴 힘만 느꼈어도 이 사람은 광견단

원일 수가 없었다.

선풍개의 눈에 이채가 띄었다.

'이거…… 대단한 녀석인데.'

옥인에게 집중해서 그런지 시선을 주지 않았는데, 이 장천이란 청년의 잠재력이 보통이 아니다.

뛰어난 무골(武骨)에 번뜩이는 재지가 빛난다.

천하에서도 이 이상을 찾을 수 없을 것 같은 무(武)의 재능과 깊은 혜안(慧眼)이 함께 하는 것.

이미 존재 자체만으로도 경이로운 청년이다.

천재(天才)를 넘어선 천재, 선풍개의 눈에 감탄 이상의 놀라움이 자리를 잡는다.

"강청진이라 하오."

마지막, 놀라움에 정점을 찍는 소개다.

예법과 거리가 먼 인사임에도 선풍개는 눈살 한 번 찌푸리지 못했다.

서서히 벌어지는 입과 흔들리는 눈동자엔 기가 차다는 기색이 역력했다.

'어디서 이런 괴물이……!'

아무리 높게 잡아도 서른이나 되었을까 싶은 자다.

한데도 느껴지는 무력의 깊이가 엄청났다.

비록 다른 장로보다 어리고 무공 역시 약간의 부족한 감이 있다지만 명색이 대개방의 장로 아니던가.

그런 선풍개 스스로도 눈앞의 사내를 보며 승부를 점칠 수가 없었다.

옥인 역시 대단하지만 이 강청진이란 사내는 또 달랐다.

깊이를 알 수 없는 무공에 백전의 경험이 함께 한 진짜배기 강자라는 느낌이 들었다.

장천이란 청년이 대단한 잠재력을 가진 어린 나무라면, 강청진이란 사내는 이미 잠재력을 격발시켜 무서운 속도로 자라나고 있는 한 그루의 거목(巨木)과도 같았다.

세 사람의 후학을 본 선풍개.

차후 중원 천하의 정점에 서게 될 무신(武神)의 싹들을 보고 있다는 강렬한 예감에 사로잡히고야 말았다.

"대단한 친구들을 보는군. 진심으로 감탄했네. 괜찮다면 동석해도 되겠나?"

천하의 개방 장로가 동석을 권한다.

강비나 장천은 다소 껄끄러웠지만 고개를 저을 수는 없었다.

실제로 강비와 장천이 선풍개에게 받은 인상도 대단한 것이었다.

정보를 다루며 다소 속세에 물이 든 느낌은 강하지만, 자유분방한 성정에 솔직함이 남다른 자였다.

위험함을 감수하고서라도 한 줄기 인연을 맺고 싶은 매력이 있었다.

"어떻게, 술이라도 한잔 하시겠습니까?"

"술? 거 좋지."

희색이 만연하다.

개방 거지들치고 술 안 좋아하는 작자들 없다고 하던데 선풍개도 과연 그런 모양이었다.

잔이 아니라 거의 대접에 가까운 그릇에 담아서 마시는 모양새가 걸신이라도 들린 것 같았다.

"크으…… 그나저나 둘은 사문이 어떻게 되나? 내 제법 강호를 돌아다녔지만 자네들처럼 걸출한 이들은 본 바가 드물어."

부드러운 대화 속에서 자연스레 묻는다. 장천은 다소 난처하게 말했다.

"죄송하오나 사문을 밝힐 수 없음을 이해해 주십시오. 사정이 있어 드러내지 못합니다."

선풍개는 껄껄 웃으며 답했다.

"괜찮네. 각자 사정이란 게 있는 법이지. 세상 돌아가는 이치를 아주 모르는 거지는 아니니 너무 난처해하진 말게나."

확실히 범상치 않은 자다.

정도(正道)를 걷는 무파의 장로임에도 이런 부분에 대해서 거리낌이 없다. 완고한 여타 원로들과는 너무나도 달랐다.

"그나저나 사문을 밝힐 수 없다면 소개한 이름 역시 가명일 가능성이 있겠구먼. 이곳에 온 이유도 마냥 개파식의 축하를 위해서가 아닐 것이고, 혹 뭔가를 캐내려 함인가?"

날카로운 질문이었다.

말과 분위기를 읽고 본질을 꿰뚫었다.

장천은 약간의 웃음으로 답을 대신했다.

"그렇군. 하기야 뭐 우리도 그러하니 남을 책잡을 자격은 안 되지. 이놈의 문파는 도대체 어떻게 만들어졌는지부터를 모르겠어. 비정철곤 오강명이라…… 마냥 협객인 줄로만 알았는데 수완이 보통이 아니야."

투덜거리면서도 놀라운 말을 했다.

거리낌 없이 캐내겠다고 인정한 것이다.

약간의 과장이 섞인 말투였지만 이렇게 대놓고 말을 하니 꿀 먹은 벙어리가 될 수밖에 없을 터.

"자네들은 뭐 좀 알아보았나?"

"저희도 아직까지는……."

"그렇겠지. 내 정보를 다루며 이십 년 이상을 이쪽에 몸담았는데도 이토록 견고한 정보망은 처음이야. 필시 보이는 것 이상의 뭔가가 있겠지. 비무초친도 그래. 양녀를 삼고 강자와 혼인시키겠다니, 대외적으로 말한 바와는 속사정이 아예 다를 것이네. 아마 딸내미랍시고 받은 양녀의 의사는 일 푼도 들어가지 않았을 거야."

"저희도 그럴 것이라 예상하고 있습니다."

"생각해 보면 우스운 일이야. 비무초친이라니……. 그게 말이나 될 법한 이야긴가? 드러난 전력만 보아도 이미 절강에서 제일을 외쳐도 부족함이 없을진대 또 강자와 혼인을 시켜? 지나가던 개가 웃을 소리다. 강대 문파들의 눈치는 한 자락도 보지 않는 것이지. 그런 것은 생각만 한다고 결행할 수 있는 게 아니야. 배포가 남다른 것인지, 하여간 대가리 아프게 하는 데에는 뭐가 있는 곳이더군."

서슴없는 언사였다.

다루는 말은 경각심이 절로 들만 한 사안들인데 묘하게 웃음이 나올 것 같다.

장천과 옥인의 얼굴에 미소가 감돌고 강비 역시 약간 흥미로운 기색을 보였다.

"자네들 중에도 비무초친에 나서는 사람이 있나?"

"아, 여기 강 공자가 나갑니다."

"호오, 그래?"

선풍개의 눈이 웃음을 지었다.

"시작부터 결말이 보이는군. 떨거지들이 기웃거리다가 죄 박살 나서 가겠어."

강비의 무력을 직접 보진 못했지만, 숨긴 기력만 보아도 유추가 가능하다.

이토록 젊은 나이, 개방 장로에 필적할 만한 무위는 둘째 치고서라도 경험의 질이 다르다는 느낌이다.

'그리고 보니…… 장봉(長棒)이라…….'

강철로 만들어진 봉이 옆에 세워져 있다.

수수하게 생겼지만 상당히 위협적이었다.

무게도 평범한 장봉과는 비교가 안 될 것이다.

내력의 고수가 아니더라도 사람을 살상하는 데에는 문제가 되지 않을 터.

'서호 인근 격전장!'

그는 강력한 경력이 휩쓸고 지나간 그 풍경을 떠올렸다.

한 자루 극강의 검력과 봉술인지 창술인지 모를 패력의 무공이 부딪친 그 광경.

선풍개의 눈이 옥인에게로 향했다.

강비와 옥인.

두 괴물 같은 젊은이들을 보니 순간 감이 딱 왔다.

'그렇군. 이 둘이었어.'

답은 바로 나왔다.

다소 섣부른 결론이지만 그는 자신의 판단을 믿어 의심치 않았다.

또 다른 고인(古人)이 있어 무력 충돌을 감행했을 수 있지만 두 사람의 몸에서 흐르는 은근한 기도와 격전의 흔적을 볼 때, 십중팔구 이 둘이 맞을 것이다.

'놀라운 무공이다. 대단해. 도대체 어느 문하일까.'

옥인이야 다소 비밀스럽다지만 화산무제, 소요자가 지닌 깨달음을 전수해 주었다는 이야기가 있다.

그렇다면 재능 이상의 무공을 가진 이유가 납득이 간다.

그러나 이 장봉을 든 사내는 무엇이란 말인가.

세상에 어떤 고인이 있어 이런 천재적인 무사를 배출해 낼 수 있었는지, 그렇다면 그 고인이 속한 문파는 어떤 문파인지 궁금했다.

선풍개조차도, 강비가 지금껏 홀로 성장해 왔음을 꿰뚫어 볼 수 없었다.

그러기엔 강비가 지닌 무력의 깊이가 지나치게 깊었다.

무공이란 결코 일조일석에 다듬어지는 것이 아닌바, 누구라도 강비의 사문을 궁금해할 것이다.

강비는 가볍게 고개를 저었다.

"이곳에도 고수는 많소."

어쩔 수 없이 못마땅한 기색이 흐른다.

굳이 우승하고 싶은 생각이 없다는 뜻이리라.

선풍개의 눈이 번쩍였다.

"흐음…… 우승에 목적이 없다? 그럼에도 출전한다는 건 단순히 분위기만 읽는 게 전부가 아니란 뜻이겠지. 과연, 직접 부딪치는 것이로군. 침투인가?"

눈치도 이 정도가 되면 천재적이라고밖에 설명할 길이 없다.

재빠른 눈치에 상황판단까지 겸비한다.

정보제일이라는 개방에서도 손가락 안에 드는 판단력, 과연 선풍개의 머리는 비상한 데가 있었다.

강비와 장천의 얼굴이 절로 굳어질 수밖에 없었다.

"허허, 너무 못마땅해지는 말게. 이쪽에서도 굳이 건드리고 싶은 생각은 없어. 아니, 건드리고 싶지 않은 걸 떠나서 협력까지 해 보고 싶군."

"협력 말입니까?"

"자네들이나 나나 결국 원하는 것은 하나야. 이곳, 용곤문에 대한 진실한 정체와 갖은 정보. 이렇게 까놓고 얘기하니 서로 충돌하고 싶어도 불편함을 감수해야 할 텐데, 그럼 결국 아니 한만 못한 것이지. 정보를 캐내기 위해서는 대립보다는 협력이 나으리라 생각하는데, 어떤가? 손잡을 용의가 있나?"

은근하게 물어 오는 협력의 기대다.

장난으로 묻는 게 아니었다.

말투는 장난스러웠을지언정 눈에서 흐르는 감정은 진짜.

선풍개는 진심으로 연수를 제안하는 것이다.

장천이 강비를 보았다.

'어떻게 할까요?'

눈이 그렇게 묻고 있었다.

강비는 어깨를 으쓱했다.

알아서 판단하라는 의미였다.

결국 이번 용곤문의 의뢰에서 직접적으로 행동할 사람은 장천이다.

장천의 판단대로 움직이겠다는 몸짓이었다.

가만히 생각에 잠긴 장천.

고개를 들었을 때 그의 눈은 모종의 결의로 굳어 있었다.

"그 제안, 받아들이겠습니다."

"좋아, 판단이 빠르군. 기대 이상이야. 오늘 밤 자시(子時)에 사람을 보내겠네. 못 다한 이야기는 그때 나누기로 하지."

어디로 사람을 보내겠다는 말도 없이, 그렇게 일어나 버리는 선풍개였다.

거처를 이미 알고 있는 것인지, 아니면 오늘 내로 알아내겠다는 것인지 알 수가 없다.

다만 그가 보내겠다면 진짜로 보내 올 것이다.

적어도 이런 것으로 농담을 할 사람은 아니었으니까.

인상적인 만남이었다.

그렇게 웃음을 지으며 돌아가는 선풍개의 뒤로 남겨진 세 사람의 얼굴에는 각자의 상념으로 범벅이 되어 다소 어지러운 빛을 뿌리고 있었다.

*　　　*　　　*

"삼십오(三十五) 번 대기자! 칠십이(七十二) 번 대기자! 비무대로 오르시오!"

웅장한 외침과 함께 강비가 비무대 위로 올랐다.

"기대하겠습니다."

옥인이 웃음을 지으며 말했다.

강비는 아무런 말도 없이 장봉을 쥐고 걸어 나갔다.

이미 그의 맞은편에는 한 명의 사내가 몸을 풀며 이쪽을 바라보고 있었다.

체구가 굉장히 큰 사내였다.

나이는 강비보다 서넛은 많을 듯싶었다.

추운 날씨임에도 소매까지 없애 버린 무복을 입었다.

꿈틀거리는 근육, 역동하는 힘의 강도가 느껴졌다.

강비는 봉을 잡고 가볍게 인사를 건넸다.

생사대결이 아닌 비무로서의 예의였다.

강비의 인사를 받은 사내 역시 가볍게 인사를 건네는데 이글거리며 노려보는 눈동자 하며, 아무리 싸워야 할 상대라 하나 조금의 호의도 엿보이지 않는다.

불같은 성정을 지닌 자다.

'덩치가 크지만 전신 근육이 골고루 발달했다. 제대로 연마한 권사(拳士)로군. 짧고 힘이 있는 단타(短打) 위주. 폭발적인 권법을 익혔다. 근접전이나 장거리나 경험이 많아.'

아무리 대단한 권사라고 하나, 이미 강비는 보는 것만으로도 그 사람이 익힌 무예의 종류와 특성까지 읽어내는 경지에 이르렀음이니 드높은 깨달음을 얻은 사람이 본다면 이미 승부는 결정이 된 것이나 다름이 없다.

그러나 강비는 절대로 방심하지 않았다.

생사의 대결에서 연마한 무공이다.

아무리 무력이 출중해도 뒤에서 날아오는 비수 한 자락에 목숨이 빼앗길 수 있는 것이다.

전장이든 강호든 방심이란 곧 패배요, 죽음이다.

그 사실을 강비는 누구보다도 잘 알고 있다.

가볍게 봉첨으로 사내를 겨누는 강비.

비무에 대한 규칙은 간단했다.

먼저 패배를 선언하거나 피해가 막심하여 생명에 지장이 있을 수 있는 경우 승패가 갈린다.

강렬한 무력의 충돌이니만큼 상대를 죽일 수도 있으며 주최자의 판단 하에서도 막지 못할 경우는 어쩔 수 없다.

그에 대해서는 전적으로 출전자의 능력에 맡기는, 그야말로 살벌하기 짝이 없는 규칙이다.

즉, 말은 비무라지만 생사결과도 같다는 뜻이리라.

그렇게 시작의 북이 울렸다.

두우우웅!

북의 장렬한 울림과 함께 먼저 공격을 시도한 것은 사내였다.

눈에서 뿜어지는 광채가 실로 불과 같아, 눈치가 없는 자라도 이 사내의 무예 특성을 알 수 있을 정도였다.

과연 북이 울리자마자 빠르게 전진하는데 마치 산사태가 일어난 것처럼 거친 기세가 확연하다.

부우웅!

허공을 가르는 커다란 주먹.

굉장한 일격이다.

속도도 속도지만 소용돌이치는 권경(拳勁)의 힘이 대단했다.

일격에 바위도 쪼개 버릴 기세다.

강비가 장봉의 중단을 쥐고 가볍게 쳐올렸다.

터어엉!

내질러 오는 주먹이 하늘 높은 곳으로 튕겨 나간다. 빠르고 격정적인 무공을 진중하고 유려한 힘으로 파훼한다. 사내의 눈에서 이는 불길이 거세어져만 갔다.

휘리릭! 파앙! 파아앙!

연신 공기를 터트리며 다가오는 주먹이다.

전신에서 뿜어지는 불같은 기운처럼, 펼치는 무공 또한 강렬하고 거셌다.

애초에 수비는 염두조차 하지 않는 권법, 오로지 공격만으로 상대를 파괴하는 거친 무도(武道)였다.

찌이이잉! 찌이이이잉!

한 수 위의 고수라도 경각심을 가질 만한 공격법.

그러나 강비는 부드러운 봉술과 몸놀림으로 사내의 모든 권법을 흘려 냈다.

비무를 바라보는 옥인의 눈에 이채가 흘렀다.

'놀랍구나.'

강비에 대한 감탄이 일어났다.

한바탕 시원스레 대무를 해서 알고 있다.

강비의 무공은 사내의 무공보다도 훨씬 거세다.

후퇴를 염두에 두면서도 언제나 전진뿐.

부드러움으로 들어오면 부수고 강한 힘으로 들어와
도 부순다.

파괴와 살상으로 물든, 전투에 최적화된 무공이라
는 것이다.

그런 강비가 정중동(靜中動), 부드러움의 극치를
보여 주고 있다.

이제껏 보여 준 무공이 아닌 전혀 다른 무공이었다.

맞상대하여 부수는 게 아니라 흘려 내고 튕겨 내며
상대의 무공 자체를 파훼하고 있다.

부드러움으로 강함을 제압한다.

유능제강(柔能制剛)의 무도.

너무나도 절묘한 봉술이었다.

겉으로 보면 사내의 권법이 강비를 압도하고 있는
것처럼 보이지만 진정한 고수들은 최소한의 동작으로

차근차근 파훼하는 강비를 눈여겨보고 있었다.

싸우면서 성장해 나가는 무공이었다.

파괴적인 무도가 몸에 밴 강비라지만 세상 어떠한 영역의 공부에서든 중도(中道)에 이르지 못하면 파탄이 드러날 수밖에 없다.

그 이치를 잘 알고 있는 강비다.

이번의 일전(一戰)은 생각해 왔던 빈틈을 확실하게 채우는 수단과 같았다.

그럼으로써 강비의 무(武) 역시 한층 강건해진 면모를 보이고 있었다.

사내의 눈에 핏발이 섰다.

직접 싸우는 사내가 누구보다도 잘 알 수밖에 없다.

거침없이 전개하는 권법이지만 한 치 차이로 모조리 비껴 내니 치명상은커녕 옷깃 하나 건드리지 못한다.

"크아압!"

우렁찬 기합성과 함께 사내의 주먹이 다시 한 번 상단을 향해 휘둘러졌다.

강비의 눈에서도 미약한 빛이 흐른다.

이제까지의 공격과는 다르다.

더 거세고 더 빠르며 더 위력적이다.

그야말로 필살의 한수랄까.

이번 일권(一拳)으로 반드시 상대를 때려눕히겠다는 의지가 한가득이다.

'여기까지로군.'

싸우면서 더 다듬고 싶었지만 아직 스스로의 공부가 부족하다.

시험을 해 보는 건 여기서 그쳐야 할 터, 사내가 승부를 걸었으니 이쪽에서도 마무리를 해야 할 시기가 온 것이다.

휘리릭! 터어어엉!

한 바퀴 돌아간 장봉이 사내의 권배를 후려쳤다.

이제까지와는 비교조차 할 수 없는 경력을 담았다.

평범한 사람이라면 일격에 몸이 부서질 만한 일격, 그것이 주먹 하나에 전부 쏟아진 것이다.

"크윽!"

신음이 절로 나올 수밖에 없었다.

손등에 작렬한 충격파가 뼈마디를 부수고 있다.

자신도 모르게 앞으로 쏠리는 육신이다.

한 번의 타격으로 공격을 무효화시킨 강비가 재차 봉을 돌렸다.

반대쪽 봉첨(棒尖)이 정확하게 사내의 목젖을 후려 쳤다.

퍼어억!

"꺼억!"

흰자위를 드러내며 나자빠지는 사내였다.

승부를 결정짓는 일격.

마지막 순간 힘을 뺐으니 죽거나 치명상을 입지는 않았을 터, 그러나 정신을 차리기까지는 제법 시간이 흐를 것이다.

의심할 여지가 없는 완벽한 승리였다.

"삼십오 번, 강청진 승(勝)!"

관중석에서 나직한 박수가 터졌다.

호쾌한 무공으로 단박에 적을 무너뜨린 것은 아니지만 시종일관 여유롭게 시전 한 무공은 또 다른 감흥이 있었다.

부드러움의 무학, 진중한 무인에게 쏟아지는 박수갈채였다.

그렇게 강비는 첫 비무를 성공리에 끝마칠 수 있었다.

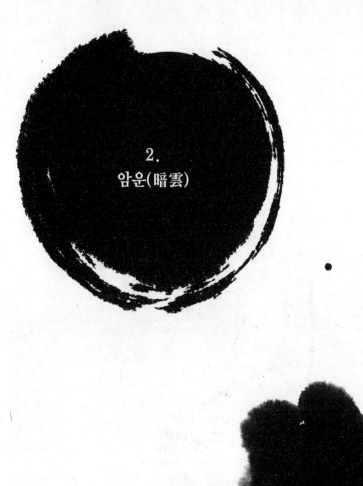

2.
암운(暗雲)

"저자의 이름이 강청진이라 했나?"

"그렇습니다."

비무대 전면, 높은 곳에 앉아 아래를 내려다본 오강명의 눈이 빛났다.

"나이는 얼마나 된다던가."

"비무록 무인명부에 기재된 것으로는 서른이라 되어 있습니다."

"서른. 이립(而立)이라……."

그의 눈에 흥미로움이 흘렀다.

"그리도 젊단 말이지."

봉법이나 곤법(棍法)이나 결국 몽둥이를 휘두르는 무공이다.

오강명은 강남 지역에서도 곤법으로 이름을 날린 무인, 당연히 강비의 무공에 대해서 흥미로움이 일 수밖에 없었다.

'대단한 녀석이군.'

휘두르는 봉술.

장봉에 대한 수급이 자유자재이며 동시에 내력의 수발도 수준급이다.

한 번 휘둘러서 공수(攻守)의 무리를 완벽하게 펼쳐 낸다.

다소 공격적인 성향이 강하지만, 그래서 더욱 놀라웠다.

그처럼 공격에 능한 무도를 몸에 익혔음에도 부드러운 무공을 완벽에 가깝게 펼쳐 내고 있었다.

언제, 어느 때라도 거침없이 전개할 수 있는 무공이란 뜻이다.

'어디서 온 놈인가.'

정체가 궁금할 수밖에 없다.

강청진, 강호에서 불리는 별호는 없다고 했다. 도무

지 믿을 수 없을 정도로 강인한 무인이다.

　심지어 용곤문 휘하, 전투부대의 모든 부대원들이 한 번 보고 배웠으면 싶었을 정도였다.

"누구에게 사사했다고?"

"강호에 떠도는 기인(奇人)이 있어 사부로 모셨다고 합니다. 정확한 것은 파악불가입니다."

강호에 기인이사가 모래알처럼 많다지만 저처럼 어린 나이에 저만큼의 무력을 갖춘 젊은이를 키울 수 있는 자는 그리 많지 않을 듯싶었다.

오강명의 눈에 한 줄기 욕심이 일어났다.

"신상명세를 파악하도록. 뒤에서 조사 좀 해 봐. 별다른 게 없으면 우승하지 못하더라도 영입하고 싶은 인재다."

"알겠습니다."

"혹, 어디선가 몰래 보냈다고 한다면……."

일세의 협사라 불리던 오강명, 욕심으로 물들었던 눈동자에 차가운 광망이 어린다.

살기(殺氣)라는 이름의 빛깔이었다.

"죽여라."

수상하다면 없앤다.

가질 수 없다면 없앤다.

위험하게 이글거리는 그의 눈동자에서, 더 이상 협
사라 불리던 이전의 명성은 찾아볼 수가 없었다.

                    *   *   *

그날 밤.

달빛이 세상을 비추는 어두운 시간에.

홀연히 찾아온 한 명의 사내가 있었다.

봉두난발에 입은 옷은 누더기.

개방의 거지, 광견단원으로 보이는 사내였다.

"이쪽으로."

광견단원이 앞장서서 길을 열고 있었다.

장소는 강비에게 다소 익숙한 곳이었다.

이전, 옥인과 한 판의 대무를 벌였던 장소.

아직까지도 다듬어지지 않은 흔적들이 사방 곳곳에
서 발견되고 있었다.

그곳에서 선풍개는 달빛을 맞으며 호리병을 입에
문 채 강비와 장천을 맞이했다.

"왔군."

장천은 가볍게 고개를 숙였다.

선풍개가 히죽 웃었다. 문사처럼 보이는 외모 속, 치기 어린 장난기가 보였다.

천하의 개방 장로라고는 생각할 수 없는 분위기다.

"그래, 서로 하고 싶은 말은 많겠지만 일단 일 얘기나 먼저 할까?"

"그러시지요."

"좋아. 마침 여기가 달빛이 좋으니 올라오게들."

평평한 바위 위다. 쏟아지는 달빛은 비록 반달에 불과했지만 내력의 고수인 셋에게는 무언가를 보는 데에 문제가 없었다.

"먼저 묻겠네. 생각해 둔 바가 있는가?"

"그렇습니다."

"어떤?"

장천은 물끄러미 선풍개를 보다가 한 마디 더 했다.

"낮에 침투할 예정입니다. 오늘의 비무가 끝났으니 내일이 적당할 거라고 생각합니다."

"대낮에 침투를 감행한다? 놀랍군. 생각은 쉬워도 행동은 어렵지. 보니 실력은 될 것 같지만, 지나치게 위험하다는 생각은 하지 않나?"

"이런 경험이 많아서요. 위험하더라도 밤보다는 나을 거라는 판단입니다."

선풍개의 입가에 미소가 드리워졌다.

"나쁘지 않은 판단이야. 하지만 말일세, 정보탈취를 위해 다소간의 위험은 감수한다 치더라도 보는 눈이 많을 텐데. 이쪽에서 시선을 분산시켜 주어야겠군."

"그렇게만 된다면 더할 나위가 없겠지요."

"그러나 움직이게 될 경우 저쪽도 바보가 아닌 이상 금세 낌새를 차릴 거야. 시간 싸움이 되겠지."

"모든 침투작전이 시간과의 싸움이지요. 짧은 시간 안에 최대한의 정보를 빼 와야만 합니다. 눈치 보는 정보전에선 어려우니 결국 직접 부딪치는 방법밖에 없습니다."

"그렇지. 확실히 경험이 남다른 모양이군. 보는 눈이 달라. 하루아침에 만들어지는 게 아니지, 그런 건."

선풍개가 호리병을 바위 위에 놓았다.

그가 가볍게 한숨을 쉬었다.

"그래, 다 좋지. 한데 문제가 있어."

장천은 그가 말한 문제라는 것이 어떤 것인지 알 수 있었다.

  "내부지도."

  "정확하네. 개파식을 하고 비무를 하면서 외원의 광경은 대략적으로나마 파악이 가능한데, 정작 중요한 건 내원이겠지. 내원 안을 쑤셔야 제대로 된 정보를 얻을 수 있을 확률이 높아져. 게다가 알아도 시기를 못 맞추면 아무 것도 얻지 못할 가능성이 있네. 저놈들, 어찌나 빈틈이 없는지 바늘 하나 들어갈 구멍이 없더군."

  답답한 듯 한숨을 쉬는 모습이다.

  이십 년을 넘도록 정보를 다루며 대단한 경험을 겸비한 선풍개로서도 당금의 상황을 타파하기에는 다소 벅차 보였다.

  그때, 장천은 품에서 한 장의 지도를 꺼내 들었다.

  "이게 뭔가?"

  "한 번 보시지요."

  선풍개의 눈이 단숨에 지도를 훑었다.

  곧이어 커지는 눈동자.

  드러나는 감정은 다름 아닌 경악이었다.

"이, 이건……?!"

"용곤문 내부 지도입니다. 외원의 건각군 배치와 무인들의 보초 시간, 어느 정도의 고수가 있는지까지 상세하게 설명이 되었지요. 내원은 전부 드러나지 않았지만 삼분지 일 정도는 파악이 된 지도입니다."

"이걸…… 도대체 어디서……?"

제대로 말을 잇지 못하는 선풍개였다.

정보제일이라는 개방이 그토록 파고들었음에도 내원은커녕 외원의 제대로 된 그림 한 장 못 그렸던 터다.

한데 오늘 낮에 처음 본 젊은이가 떡 하니 내놓은 지도는 너무나도 상세히 용곤문에 대해 나와 있었다.

놀랄 수밖에 없었다.

"생각지도 못하게 얻은 지도입니다. 저희 능력으로 얻은 건 아니지요. 조력자가 있어, 이것을 건네주었습니다."

벽란의 능력.

술법으로 짐승과 동조하여 용곤문의 내부 전경과 무인 배치까지 모든 것을 알아낸 지도다.

정보와 침투작전에 있어 그녀만 한 조력자가 또 어

디에 있을까.

자세하게 말해 주지는 못한다.

그것은 선풍개도 깨달을 수 있었다.

그의 두 눈이 거칠게 흔들렸다.

'이 녀석들…… 정말 보통 녀석들이 아니다…….'

마냥 뛰어난 이들이라고만 생각했다.

장천의 잠재력은 대단했고 강청진이란 사내의 힘은 이미 꽃봉오리를 핀 상태.

두 사람의 존재 자체가 선풍개에게도 놀라움이었다.

이제는 또 다르다.

지나치게 놀라서 경각심이 들 지경이다.

생각지도 못하게 얻었다니, 그게 사실이라도 문제다.

생각지도 못한 수확이라는 것은 결국 그만한 인덕(人德)과 인맥, 매력이 뒷받침 되어야만 얻을 수 있는, 우연이라는 이름의 필연과 같다.

너무나도 뛰어난 인재들임에도 정체를 제대로 파악할 수 없다니, 마냥 감탄만 하기에는 지나온 세월이 준 경험이 녹록치 않다.

전신을 압박하는 위험한 향기가 피어오른다.

언제고 이 강호에 파란을 일으킬 만한 인재들이다.

좋은 쪽으로든, 나쁜 쪽으로든.

"묻지 않으려 했지만, 이제는 정말 궁금하기 짝이 없군. 자네들 정체가 도대체 뭔가?"

한숨을 쉬면서 묻는다.

대답을 바라고 묻는 것이 아님을 누구라도 알 수 있었다.

장천은 다소 민망한 얼굴로 답했다.

"죄송합니다. 훗날, 아시게 될 날이……."

"되었네. 뭐 눈을 보니 당장에 풍파를 일으킬 것 같지도 않고, 캐내는 거야 습관이지만 추궁하는 건 내 성미에도 맞지 않아. 그저 위험한 상황에 서로 적으로 만나지 않기를 바랄 뿐이네."

진심이 느껴지는 어조였다.

이런 사람도 있다. 강호 명숙 중에는.

정보의 세계에서 살고 있음에도 모르는 상대에 대해서 자존심을 상해하지 않는다.

마냥 옹졸한 눈으로 세상을 보기에는 지금까지 헤쳐 온 아수라장이 대단히 험난했다는 뜻이리라.

"어쨌든 이건 예상 못한 수확이군. 이 지도만 있으

면 일단 외원은 걱정하지 않아도 되겠어. 보초가 바뀌는 시간과 무공 수위까지 적혔으니 위험도를 최소화할 수 있다."

"예. 개방의 조력이 있다면 내원까지야 순간입니다."

"맞아. 내원부터가 문제겠지."

"그렇습니다."

"어떻게 할 텐가? 내 생각에는……."

두런두런 이야기를 나누는 두 사람이었다.

두 사람 모두 이쪽 영역에서 독보적인 경험과 재지로 번뜩이는 인재들이다.

나이차는 있으되 더불어 이야기를 나누기에 이보다 더 좋은 사람들이 없을 터.

강비는 두 사람의 이야기를 들으며 감탄에 감탄을 거듭했다.

생각지도 못한 기지들이 두 남자의 입에서 강물처럼 흐르고 있었다.

전장의 과격한 전술에 익숙해서일까.

기기묘묘한 침투 작전의 묘미들이 또 새롭게 다가온다.

"그쪽은 어떠십니까? 보는 눈은 많지만 오히려 서쪽보다 나을 것 같습니다."

"옳게 보았어. 하지만 이 지도에 적힌 상세정보가 맞는다면 서북에서 직선 일로로 뚫어 버리는 게 낫겠지. 자네의 실력만 받쳐 준다면야 이쪽도 나쁜 길은 아니지만 굳이 위험을 감수할 필요는 없어."

"하면 장로님의 말씀대로 가지요. 이후에는 여기, 여기서 직각으로 파고듭니다. 비무의 열기가 치솟는 그 시각, 아무래도 시선이 분산될 겁니다."

"맞아, 그게 좋겠어."

정신없이 난무하는 무수한 작전들.

그렇게 한 시진의 시간이 지나고.

선풍개는 다가올 작전 여부를 광견단원들에게 설명키 위해 사라졌다.

축시(丑時) 초, 만물이 잠들고 있는 시간이었다.

바야흐로 용곤문 내부로 파고들 긴장의 날이 다가왔다.

침실로 들어가는 장천의 눈이 모종의 결의로 빛나고 있었다.

　　　　　*　　　　　　*　　　　　　*

　"삼십오 번 승!"

　승부를 결정짓는 한 마디가 비무장에서 울렸다.

　우레와 같은 박수소리와 함께 천천히 내려오는 강
비였다.

　장봉을 어깨에 둘러맨 채 별 감흥도 없어 보이는 얼
굴이었다.

　"축하드립니다."

　"떨거지였는데 뭐."

　언제나 옥인의 축하는 진심이었고 언제나 강비의
대답은 퉁명스럽다.

　둘은 비무장에서 얼마 떨어지지 않은 곳에 자리를
잡고 앉았다.

　"장 공자는 보이지 않는군요?"

　"어디 마실이라도 나갔나 보지."

　대수롭지 않은 말투다.

　옥인의 눈에 미약한 빛이 맴돌았다.

　장천의 부재.

　강비는 그리 말했지만 옥인은 본능적으로 알았다.

이들이 무언가를 실행하고 있음을.

"위험한 일입니까?"

"위험할 수도, 그렇지 않을 수도. 기본적으로 살얼음판이긴 하지."

"결국 위험하단 뜻이군요."

"잘 해낼 거야. 원체 똘똘한 놈이라."

"강 공자도 아시겠지만, 보통 문파가 아닙니다. 심심해서 주변을 둘러보긴 했는데 빈틈 하나 보이질 않더군요. 전략적인 수성(守城) 배치가 완벽합니다."

"인정해. 백의 병력으로 천의 병력을 맞상대할 수 있을 법한 곳이지. 어떤 놈이 건물 배치를 짰는지 모르겠지만 전략전술에 도가 튼 녀석일 거야."

내용만 보자면 놀랍다는 기색이지만 나른한 어조 때문에 도통 심각해 보이질 않는다.

옥인은 멋쩍은 듯 머리를 긁었다.

"제가 쓸데없는 걱정을 했나 보군요."

"아니야, 사실은 사실이니까. 까딱 잘못하면 쥐도 새도 모르게 작살이 나겠지."

강비의 눈에, 드러나지 않을 만큼의 조그마한 걱정이 깃든다.

개방 장로 선풍개의 협력.

그리고 장천의 침투 능력.

과연 어떤 결과를 가져올 수 있을지, 기대가 큰만큼 걱정도 크다.

'지금쯤 내원으로 들어섰을까?'

그의 눈이 저 멀리, 남서쪽을 향했다.

장천이 침투를 시작한 곳이었다.

             *   *   *

"이리 오렴."

열린 창가에서 순식간에 날아오는 한 마리의 새가 있었다.

자그마한 크기의 매였다.

하지만 평범한 매와는 또 달랐다.

푸른 깃털은 어딘지 모르게 광채가 나는 듯했고, 부리는 빛나는 황금색이다.

날카로운 눈매는 맹금(猛禽)의 그것이었으나 동시에 사람의 그것처럼 지혜가 넘쳐흐르고 있었다.

벽란의 팔뚝으로 올라선 푸른색 맹금.

그녀는 가만히 맹금의 머리를 쓰다듬었다.

팔뚝에 앉은 맹금은 그저 지혜 어린 눈으로 가만히 그녀를 바라볼 뿐이었다.

이윽고 열리는 그녀의 입.

탄식에 가까운 한숨을 동반하고 있었다.

"그랬구나, 결국 그리 되었어."

눈을 감고 있었지만 혹 뜨였다면 그녀의 눈에 든 감정은 누구라도 알 수 있을 법한 슬픔을 담고 있으리라.

전신에 서린 신비한 기도는 여전하였으되 암울한 분위기가 방 안을 가득 매웠다.

"짐작은 하고 있었지만…… 결국은 나 하나 때문에 많은 사람들이 피를 보았구나. 분명 난 죽어서도 평안한 안식을 받진 못하겠지."

누가 들어도 혼잣말에 불과했다.

하지만 어쩐지, 그녀는 이 신비로운 맹금과 대화라도 나누는 것처럼 보였다.

강비나 장천이 보았다면 분명 그리 생각했을 것이다.

"고생이 많았어. 가서 당분간 쉬고 있으렴."

놀랍게도 맹금은 알아들었다는 듯한 차례 몸을 꿈틀거리더니 대단한 속도로 날아올랐다.

순식간에 열린 창밖으로 나아가는데 눈 한 번 깜빡이는 찰나지간 점이 되어 보일 만큼 그 속도가 빨랐다.

우두커니 혼자 앉아만 있던 벽란.

복잡한 심경을 다스리기 위해 창밖으로 몸을 옮겼을 때였다.

화아아악!

누구도 느끼지 못할 뭔가가 그녀의 몸을 강타했다.

평범한 사람이라면, 설령 무공을 익힌 무인이라 해도 쉬이 느끼지 못할 존재감이 그녀의 전신을 뒤덮는다.

벽란의 눈썹이 꿈틀거렸다.

"이건……?!"

말을 채 잇지도 못하는 그녀.

기파라고 할 수 있을까.

그러나 단순히 기파라고 말하기에는 지나치게 은밀하다.

그 신비로운 기파는 단 하나의 음성을 발하고 있었다.

―와라.

휘리릭!

순식간에 창밖으로 몸을 날렸다.

눈을 감고 몸을 움직이는 것도 놀라운 일인데 박차 나아가는 기세가 어떠한 고수에 못지않다.

대단한 신법(身法)이었다.

빠른 속도로 신법을 전개한 벽란이 멈추어 선 곳은 객잔에서 얼마 떨어지지 않은 숲 속이었다.

겨울철, 나뭇잎이 모두 떨어져 앙상하게 남은 나뭇 가지들 사이로 내려선 그녀다.

그리고 그녀의 앞.

한 명의 남자가 뒷짐을 지고 서 있다.

도복(道服)인지 승복(僧服)인지 도통 분간이 가지 않는 묘한 옷을 입었다.

괴이쩍은 복장이다.

그러나 잔잔하게 드러나는 기도는 놀라우리만치 벽 란과 닮아 있었다.

신비로운 존재감.

두 사람이 마주 보는 것만으로도 이 벌거벗은 숲이 세상과 동떨어진 또 다른 세계가 된 것 같았다.

"역시 당신이었군요."

담담한 어조 속, 미약한 떨림이 숨었다.

괴이한 복장의 남자가 고개를 끄덕였다.

"어디로 갔나 했더니 이런 곳에 있을 줄이야 짐작도 못했소. 옛날부터 그러했지. 항상 상상을 불허하는 뭔가가 당신에게는 있었소. 하지만 얄궂군. 이리 만나게 될 줄이야."

벽란은 말이 없었다.

남자는 가볍게 웃었다.

신비한 기도만큼이나 매력적인 미소였다.

남자다운 얼굴 속에는 범부로서 상상 못할 뭔가가 한가득 들어찬다.

"그 눈…… 봉신안(封神眼)의 술(術)이로군. 세상이라도 뒤엎을 생각이시오?"

무표정한 벽란이다.

그녀의 입이 천천히 열렸다.

"세상을 뒤엎을 필요는 없죠. 한 사람의 목숨, 그것만이 내가 원하는 것임을 모를 리 없을 텐데요."

"당차기 짝이 없군. 차라리 천하제패를 노리는 게 빠르지 않겠소? 죽어도 죽지 않는 괴물의 목숨을 노릴 바에야 그게 더 실현 가능성이 높으리라 보는데."

"봉신안을 괜히 내 몸에다 박은 게 아니죠."

"봉신안. 확실히 무섭지. 불사의 괴물이라 한들 피하기 어려울 거요. 하지만 그래 봐야 일시적일 뿐, 존재의 소멸에서 이미 벗어나 버린 작자를 봉신안으로 막을 수 있을 것 같소? 그자는 이미 인세의 상식으로 묶어 둘 수 있는 존재가 아니오. 누구보다 잘 알고 있을 텐데."

"이쪽에는 비장의 한 수가 있거든요."

남자의 눈이 착 가라앉았다.

여유로웠던 이전과는 확연하게 다른 모습이다.

굳은 얼굴이었다.

"저 먼 북방에서 광풍(狂風)의 격정을 몰고 온 이. 군신(軍神)을 말함이군."

"알고 있었군요."

"알고 있지. 초혼신(招魂神)과 함께 술가이계(術家異界)에서 또 다른 신(神)으로 불리는 분, 음양신(陰陽神)의 유명한 예언 중 하나니까."

초혼신.

음양신.

군신.

누가 들어도 고개를 갸웃거릴 만한 대화였다.

그러나 두 사람 사이에 불어닥친 바람은 묵직하고 심각했다.

누구도 끼어들 수 없는 그들만의 이야기였다.

"그래, 군신. 내 그의 힘을 한 번 본 적이 있었소. 서호 인근에 사람의 왕래가 거의 없는 공터였지. 화산의 대붕(大鵬)과 함께 대무(對武)를 벌인 모양인데 흔적만으로도 충분히 볼 수 있었소. 현재 그가 가진 힘을."

남자의 눈이 살짝 웃음기를 머금었다.

조소에 가까운 웃음과 안타까움이 공존한다.

형용불가의 안광(眼光)은 벽란의 신비로움과 비슷하였으되 조금은 달랐다.

"확실히 놀라웠지만 현재의 그가 가진 힘으로는 초혼신은커녕, 십대혼주조차 감당해 내지 못할 거요. 가능성은 있다지만 이미 초혼방은 세상에 나설 준비를 거의 끝마친 상태. 그때까지 그가 커 봐야 얼마나 크겠소?"

"그건 모를 일이죠. 저는 그에게서 천하 정점에 설

만한 가능성을 보았어요. 내가 돕는다면 누구보다 빠르게 강해질 수 있겠죠."

"불가능하오. 애초에 말이 되지 않는 싸움이야. 음양신께서 그리 예언을 하셨을지언정 그것이 반드시 실현되리라 믿는 건 아니겠지? 예언은 이루어질 수도, 그리 되지 않을 수도 있는 법이오."

"설령 그렇다고 해도 당신이 내게 이런 말을 할 이유는 없을 텐데요? 내가 무슨 일을 하든, 이만 관심 끄고 하던 일이나 하세요."

다소 냉정한 말투였다.

벽란의 얼굴 역시 이전과는 판이하게 달랐다.

차갑기 그지없다.

강비와 이야기를 나눌 때와는 하늘과 땅만큼이나 다른 분위기를 자아내고 있었던 것이다.

그리고 그만큼, 남자의 얼굴도 굳어졌다.

"관심을 끄라……."

착잡함과 묘한 분노 그리고 안타까움.

세상에 존재하는 모든 암울한 감정을 다 담은 한탄이었다.

"마냥 관심을 끌 수야 없지 않겠소? 그래도 한때나

마 혼약(婚約)이 오갔던 사이거늘, 당신은 너무 냉정하군."

"위에서 멋대로 잡아 버린 혼약 따위 나는 인정한 적이 없죠. 게다가 초혼방에서도 나왔으니 당신과는 아무런 사이도 되지 않아요."

칼처럼 선을 긋는다.

처음 봤을 때의 당황스러움은 찾아볼 수가 없다.

공고히 자신의 영역을 지키는 술법사의 힘을 드러낸다.

조금씩 좁혀지는 눈썹과 은은하게 피어나는 존재감이 그녀의 의지를 보여 주고 있었다.

남자의 눈에 누구라도 알 수 있을 만큼의 섭섭함이 감돌았다.

"당신에게 나는 겨우 그 정도에 불과했군."

"지난날의 이야기를 하고자 함인가요? 아니면 당장의 연을 언급하고 싶나요? 미안하지만 그 두 가지 모두 굳이 내가 여기에 있어야 할 이유가 되진 못해요. 인사는 이것으로 되었겠죠?"

천천히 등을 돌리는 벽란이다.

그런 그녀의 등 뒤로, 남자의 음성이 한 번 더 날아

들었다.

"용곤문의 행사에 관여치 마시오."

발걸음을 단번에 멈추도록 만드는 발언이었다.

용곤문.

지금 강비와 장천이 들어선 까닭이다.

절대로 그냥저냥 듣고 넘길 수 있는 이야기는 아니었다.

"나는 예언을 하진 못하지만 세상사 흐름을 읽을 수는 있소. 그곳은 지금 복마전이오. 드러난 고수들은 일각에 불과해. 진짜 강자들이 득실거리고 있다는 것이오. 함부로 건드리다가는 당신이나 당신이 그토록 믿고 따르려는 군신이나 큰 횡액을 면치 못할 것이오."

"그걸 어떻게 알죠?"

남자는 말이 없었다.

벽란은 깨달았다.

남자가 그런 말을 한 이유도, 용곤문에 대해 어찌 이리도 잘 알고 있는지도.

"초혼방의 술사들 몇 명이 있다는 건 알고 있었지만 당신들, 영왕문(靈王門)까지 끼어들었나요?"

"……만약 용곤문을 들쑤시게 된다면 나 역시 그냥

넘어갈 수는 없소. 한바탕 피바람이 불게 될 거요."

마치 예언처럼 들리는 말이다.

벽란은 멈추었던 발을 다시 움직였다.

"다시 보지 않았으면 좋겠군요."

파아앙!

바닥을 박차고 나아가니 어느새 남자의 시야에서 벽란은 사라져 버렸다.

그런 그녀의 뒷모습을 보는 남자의 눈은 복잡하기 짝이 없었다.

한때 삼생(三生)의 연을 함께 하기로 약조가 된 사이였다.

벽란은 마음이 없었을지언정 그는 달랐다.

아름다운 외모에 신비로운 존재감까지…… 무엇 하나 범상치 않은 그녀를 보며, 걷잡을 수 없는 연모(戀慕)의 감정을 품게 된 것이다.

이제 와 그러면 안 된다는 것을 알면서도 이 지독한 연정은 쉽게 떨칠 수가 없었다.

그토록 대단한 술법을 일신에 지니고 있지만 사람 마음이라는 게 쉬이 떨쳐 내고 붙잡을 수는 없는 법이다.

"용곤문을 건드리지 마시오. 그리 되면…… 우리 사이에 남는 건 피와 죽음 밖에 없을 것이오."

울림 있는 남자의 목소리를 뒤로 한 채.

복잡한 심경으로 허공을 박차는 벽란이었다.

'용곤문으로 가야 해.'

그는 비록 다시 마주하고 싶은 사람은 아니었지만 말을 함부로 내뱉을 사람 역시 아니다.

그가 위험하다고 했다면 진짜로 위험할 거다.

나아가는 벽란의 신형이 다소의 급박함을 보였다.

영왕문의 소문주(小門主) 공령(孔嶺).

강비와 장천의 싸움처럼 벽란 역시, 그녀만의 또 다른 싸움이 다가옴을 느끼고 있었다.

그리고 그 싸움의 처음과 마지막이 한때나마 누구보다도 가까워질 수 있었던 사람과 엮이게 될 것임을 깨우쳤다.

진정한 난전(亂戰)의 시작이었다.

*   *   *

"이 이상은 접근할 수 없소."

무사의 딱딱한 말에 청년은 멋쩍은 듯 머리를 긁적였다.

"죄송하오. 용곤문이 원체 넓어서 어디가 어딘 줄 알아야지. 혹 술 한잔 얻어 마시려면 어디로 가야 하는지 알고 계시오?"

결국 한잔 술을 얻어먹기 위해 왔단 말인가.

그러지 않으려 했지만 어쩔 수 없이 드러나는 한심함이다.

무사의 눈에서도 조금은 귀찮은 빛이 흘러나왔다.

"저쪽, 작은 연회장이 있을 거요."

"아, 감사하오. 허허, 비무가 한창인데 고생들 하시는군. 심심하진 않소?"

"어서 가시오."

"알겠소. 쳇, 거 사람…… 성격도 급하군."

다 들리게 말하고선 휘적휘적 걸어간다.

방만한 자태.

무공은커녕 지금까지 살면서 격한 운동 한 번조차 제대로 해 보지 않은 모양새다.

무사는 어처구니없다는 듯 사라지는 청년을 보다가 피식 웃었다.

"포용력이 있다는 걸 보여 주는 건 좋지만, 저런 머저리들까지 수용할 것까지야 없었는데."

스스로를 채찍질하며 연마하는 무도에 몸을 담았다.

그런 무사의 눈에 평생 술이나 찾을 법한 저 청년의 모습은 못마땅하기 그지없어 보였다.

그러나 그는 모르고 있었다.

왠지 덜떨어진 것 같은 청년을 상대하면서, 이미 그의 머리 위로 누군가가 유령처럼 움직였음을.

그야말로 순식간이었다.

최소한의 동작으로 인기척을 없애는 기술, 은신(隱身)의 술이 절정에 달했다.

외원을 통과해 내원의 입구까지 침투한 장천이다.

벽의 그림자 속으로 몸을 숨긴 장천은 가볍게 숨을 골랐다.

'여기가 세 번째.'

개방의 조력은 기대 이상이었다.

상대의 혼을 쏙 빼놓는 방법을 잘 알고 있다.

각 영역을 지키는 수문위사들의 경계심을 풀어놓고 시선을 잡아 둔다.

연기력은 둘째 치고, 사람의 심리를 다룰 줄 아는 작자들이다.

괜히 정보제일이라 불리는 것이 아닌 바, 이런 식으로 침투해 정보를 빼내 온 일도 많았을 것이다.

용곤분 내부로 침투한 것이 두 번.

이번이 세 번째 내원 건물이다.

이전 두 곳의 경계는 삼엄했을지언정 침투했을 시 그다지 소득이라곤 없었다.

기껏 알아낸 것이라곤 자금의 흐름 정도다.

엄청나게 거대한 자금이 익명의 상단을 통해 유입되고 있다는 것만을 알아냈을 뿐, 그 이상의 가치 있는 정보는 없었다.

'여기서는 어찌한다.'

여기까지는 개방의 조력으로 손쉽게 침투할 수 있었지만 이제부터는 다르다.

느낌이랄까.

전신의 털이 곤두선다.

'다른 곳과는 달라.'

불안함과 기대감이 절로 치솟는다.

이전보다 어려울 것 같았지만 제대로 침투해서 알

아냈을 때 얻게 될 정보도 클 것이다.

진정한 침투 작전의 시작인 것이다.

사라락.

한 줄기 바람을 타고 장천이 움직였다.

움직이는데도 눈을 감으면 도통 움직이는지 알 수가 없다.

인기척을 거의 완벽하게 죽이고 있다.

바람의 흐름대로 움직이며 차근차근 접근하는 몸놀림, 지닌 무공보다도 돋보이는 신기(神技)였다.

최대한 차분하게 움직여 하나의 담을 넘어선 장천이다.

'여기는?'

건물에 이름이 쓰여 있지도 않았고, 외원의 건물과 같은 진중함도 없다.

다소 평범하다는 인상의 건물이었다.

하지만 건물 내부로 들어서니 확실히 경계가 심해진 느낌이다.

은신하기 어려운 장소에 숨어 있는 무리들.

외원의 경계와 수준부터가 달랐다.

장천에 비하자면 약간의 모자람이 있지만, 각기 숨

어서 사방을 경계하고 있다.

'대단하다, 이렇게 까다로울 줄이야.'

감탄과 중압감이 동시에 일어난다.

자세히 살피니, 평범해 보이지만 애초에 모른다면 깨우치지도 못한 채 지나칠 만한 사각들이 절묘하게 만들어져 있다.

평범함으로 가장된 비범함이다.

혀를 내두를 만한 조합, 건물 자체가 하나의 진법 (陣法)의 주축이라 봐도 무방할 정도다.

휘이잉.

서늘한 바람이 불었다.

삼엄한 경계 속, 드리워진 그림자에 재차 몸을 숨긴 장천이 속으로 한숨을 지었다.

'어렵군.'

아무리 침투에 도가 텄다고 할지언정 이런 경계의 눈빛 사이로 지나가기는 힘든 법이다.

과연 사람이 숨을 수 있을까, 싶을 정도의 사각에서 몸을 숨긴 채로 경계하고 있었다.

끼이익.

고심에 고심을 더한 지 일각이나 지났을까.

건물 안쪽에서 한 명의 사람이 나타났다.

장천의 얼굴이 절로 굳어졌다.

안에 있을 때는 몰랐는데 밖으로 나오니 은은하게 피어나는 기파가 대단한 사람이다.

이제 마흔이나 되었을까.

불혹의 나이임에도 탄탄한 체구와 냉혹하게 빛나는 눈동자가 굉장히 인상적이다.

허리춤에는 한 자루의 서슬 퍼런 장검을 찼다.

'강하다. 이런 강자가 여기에 또 있었나?'

놀라움 때문에 은신술도 풀어 버릴 뻔했다.

상대의 무력을 민감하게 알아낼 수 있는 재능, 장천의 힘 중 하나다.

그런 그가 보았을 때 이 중년인의 힘은 모르긴 몰라도 일전에 소개가 되었던 이종이나 이종, 황일번 등에 못지않았다.

오히려 첨예하게 세워진 검기를 보니 한수 위라 해도 과언이 아닐 것 같다.

절정에 달한 무력.

또 다른 절정고수.

도대체 얼마나 많은 고수를 숨겨 두었는지 이젠 짐

작조차 못하겠다.

'용곤문…… 절강을 한 번 뒤엎기라도 하겠다는 건가…….'

"바깥의 동태는 어떠냐?"

허공에다 대고 묻는 중년인이다.

놀랍게도 아무 것도 없는 허공에서 웅웅 떨리는 목소리가 흘러나왔다.

"비무가 한창 진행 중입니다."

"얼마나 걸러졌지?"

"스물넷입니다. 이제부터 본격적인 승부가 될 겁니다."

"좋군. 오늘 안에 열둘로 축약이 되겠어."

"그렇습니다."

중년인의 눈동자가 날카로운 한광을 발했다.

"혹 수상한 움직임은 없던가?"

"지금까지 보고된 바로는 없습니다."

"그렇겠지. 그래도 주의를 기울여라. 언제 무슨 일이 벌어질지 모르는 게 세상이다."

"걱정하지 마시길."

그때였다.

피유우웅! 퍼엉!

저 멀리서, 하늘 높이 치솟는 불빛이 있었다.

화약을 넣어서 터진 불빛이다.

사치스러운 불꽃놀이였다.

제대로 된 비무가 시작될 신호탄을 이런 식으로 사용하는 것이다.

본선 비무, 본격적인 비무초친의 시작이다.

사사삭.

바람이 불었을까.

불꽃놀이의 잔영 때문일까.

중년인은 아무렇지도 않게 귀를 매만졌다.

"시끄럽군."

"밖으로 나가십니까?"

"그래, 잠시 서호 인근에 볼일이 있다. 금방이니 다시 돌아올 때까지 이곳을 잘 지켜라."

"존명(尊命)."

천천히 사라지는 중년인.

장천은 문 뒤에서 두근거리는 가슴을 진정시켰다.

내공으로 혈액의 흐름을 조절해 둔중하게 울리는 심장의 움직임을 최소화시킨다.

화려하게 터진 불빛 사이로.

그 틈을 놓치지 않은 채 시야에서 벗어난 움직임으로 건물 내부까지 침투한 장천이었다.

순간의 기지로 발해진 움직임이다.

거의 본능적으로 움직인 것과 진배가 없었다.

'운이 따랐군.'

불꽃이 터지지 않았다면 언제까지 기다려야 했을지 짐작조차 가지 않는다.

심지어 중년인은 밖으로 나섰다.

그 정도의 거리라면 자칫 걸렸을 가능성도 배제하진 못한다.

다행히 불꽃이 터질 때 숨어 있던 무인들까지 모든 이의 시선이 하늘로 향했다.

빈틈이 생긴 순간을 포착해 파고든 장천의 움직임.

운과 경험, 능력이 만들어 낸 결과다.

이 중 하나라도 따라 주지 않았다면 들켰을 것이다.

'그건 그렇고……'

주변을 둘러보니 또다시 평범한 곳이다.

넓은 내부이되 딱히 특기할 만한 사항은 없다.

최소한 겉으로 보기에는 그러했다.

그러나 장천은 긴장을 늦추지 않았다.

일렁이는 검기를 몸에 두른 자.

그런 자가 괜히 이런 곳에서 나왔을 리는 없다.

분명히 뭔가가 있다.

막연한 예감이 아니라 경험으로 깨우치게 된 직감이다.

주변을 살피며 경계의 눈이 없다는 걸 확인한 장천이 빠르게 움직였다.

땅을 딛는 소리 한 번 내지 않고 나아가니 어느새 커다란 문이 하나 더 있다.

스르륵.

문에 내공을 씌워 소음을 잡는다.

아직은 섬세한 운용까지 무리가 있지만 이 정도는 가능하다.

천천히 열리는 문.

'이건?'

장천의 눈에 놀라움이 물들었다.

바깥에서 보았을 때나 내부로 들어왔을 때나 평범한 건물에 지나지 않았다.

조금 큰 것을 제외하면 특기할 만한 사항은 없었다는 뜻이다.

헌데 또 다른 문을 열자, 엄청나게 커다란 내부가 튀어나왔다.

커다란 집무실이다.

바깥에서 봐서는 상상도 못할 크기.

저 너머에 회랑이 있고 집무실 전면에는 족히 이십여 명은 넉넉히 앉아도 될 법한 탁자와 의자들이 있었다.

술법이나 진법의 조화인가?

그런 것이 아니다.

장천은 바로 깨달을 수 있었다.

평범해 보이는 건물 속, 시선을 억압하는 묘한 배치들의 나열이다.

시야를 좁게 만드는 장치들이 있었다.

술가의 공부나 진법의 오묘함과는 또 다른 능력, 사람이 사람의 심리를 쥐락펴락하는 배치도 덕분이었다.

전략적으로 무인들이 배치된 상황에서 누군가가 침입을 해 온다면 사람의 심리를 좁히고, 결과적으로 시야까지 좁힌다.

궁극에 이른 배치도였다.

이 정도가 되니 감탄을 넘어서서 위험하다는 생각
이 절로 들 수밖에 없다.

이렇게까지 내원을 만들었어야 하는 이유가 도통
뭔지 모르겠다.

그는 빠르게 걸어가 집무실을 살폈다.

온갖 서적이 책장 뒤로 나열되어 있었다.

대부분 병법서나 고서(古書)들.

진본은 아니라지만 당대의 유명한 석학들이 쓴 책
들도 많았고 저 먼 옛날, 이름만 듣는다면 누구라도
알 법한 문필의 귀재들이 쓴 책들도 한가득이었다.

장천의 눈이 예리하게 빛난다.

'이것도 꾸며진 것. 진짜는 이런 게 아니야.'

이 건물 전체가 온통 거짓으로 보호되고 있다.

평범함을 가장한 비범함.

이 책장도 마찬가지다.

겉으로 보기에는 평범한 책들의 나열이지만 그것이
전부가 아니다.

'기관이다. 책장 자체가 기관이야.'

기관술(機關術)이다.

함부로 책 하나를 빼냈다가는 죽음을 면치 못한다. 땅바닥에서 칼날이 튀어나올지 벽에서 화살이 날아올지 모르는 것이다.

기관지식에 대해서도 제법 일가견이 있는 장천이었지만 이렇게나 정교한 기관술은 본 바가 드물었다.

함부로 움직이면 온몸이 너덜너덜해진다.

절정의 고수도 피해 내기 어려운 온갖 함정들이 죄다 튀어나올 것이다.

대단함을 느끼기에 앞서 난감함이 크다.

'어떻게 파훼를 하나.'

뭔가를 숨기려는 의도가 아니라면 이만한 고도의 기관을 장치해 놨을 리가 없다. 위험한 만큼 파훼할 가치가 있다는 뜻이다.

그러나 그게 문제다. 파훼하기가 지극히 어렵다는 것.

혹시 그사이에 누군가가 들어오기라도 하면 끝장이다.

'최대한 빠른 시간 내에 파훼해야 한다.'

시간의 제약.

거기에 죽음의 공포까지 이겨 내야만 한다.

굳이 이럴 필요까지 있을까.

있다.

적어도 장천에겐 그렇다.

직감으로 알아낸 거대한 무언가다.

이곳을 열면 분명 뭔가가 있을 것이다.

그것만으로도 목숨을 걸어야 할 이유는 충분하다.

기관을 파훼하는 장천의 눈.

그 어느 때보다도 강렬하게 빛나고 있었다.

*   *   *

"무명 강청진과 섬전검(閃電劍) 황동하(黃冬河)는 비무대로 오르시오!"

이전에는 번호표로만 불렀는데 본선에 진출했답시고 이름씩이나 불러 주는 모양새다.

강비는 가볍게 몸을 풀고는 장봉을 들었다.

"한판 해볼까."

"이번에는 제법 좋은 구경을 할 수 있겠군요."

뒤에서 들리는 옥인의 목소리.

즉, 그만큼 상대가 강자라는 뜻이었다.

강비는 어깨 한 번 으쓱하고는 휘적휘적 걸어갔다.

어느새 상대는 비무대 위에 자리를 잡고 있었다.

허리춤에서 달랑거리는 검 한 자루.

가볍게 팔짱을 끼고 눈을 감는데 드러내지 않아도 은은하게 흘러나오는 기세가 실로 범상치 않다.

강비의 눈에도 이채가 띈다.

섬전검 황동하.

전검무문 소속, 제일의 전투부대라는 광검단주다.

그토록 쟁쟁한 문파 내에서도 절정의 기량을 뽐내는 검수라고 들었다.

올해 나이는 강비보다 대여섯 많다.

강호의 경험 역시 풍부하여 한판 시원스레 대무를 펼치기에 부족함이 없는 상대.

'재밌겠어.'

가볍게 장봉으로 그를 겨누는 강비다.

이번 비무를 통해 처음으로 상대하는 강자다.

이전에 붙었던 상대들도 제법 한 가락 하기는 했지만 강비의 기량을 삼 할도 끌어낼 수 없었던 이들이다.

이자는 다르다.

적어도 이 비무초친의 명단에 오른 이들 중 열 손가락 안에 들 만한 실력을 가진 자라 할 수 있을 것이다.

황동하의 눈이 천천히 뜨였다.

전체적으로 미남형 얼굴이지만 눈매가 날카롭다.

검객의 눈, 예리함이 남다르다.

서로 소개조차 하지 않는다.

이미 강비는 장봉으로 그를 겨누었고 황동하 역시 상대에게 예를 갖출 생각이 없어 보였다.

스르릉.

소름끼치는 소리와 함께 모습을 드러내는 검.

찬탄이 나올 만한 삼 척 길이의 보검(寶劍).

휘황하게 빛나는 검신(劍身)이 햇빛을 받아 오묘하게 스스로를 뽐내고 있다.

전검무문 제일의 전투부대, 광검단주(光劍團主)에게 대대로 전해지고 있었다는 휘로검(輝爐劍)이었다.

강도부터 예기(銳氣)까지, 무엇 하나 빠지지 않는 보검은 전검무문 무력의 상징이라 할 만하다.

겉으로만 봐서는 도저히 백여 년 된 검이라고 볼 수 없을 만큼 드러나는 보광(寶光)이 엄청났다.

'대단한데. 어지간한 수는 통하지도 않겠어.'

휘로검을 꺼낸 순간부터.

황동하의 기세가 첨예하게 일어나고 있었다.

스스로 한 자루 검이라도 된 듯 비무장을 갈라 버릴 것 같은 검기를 뿜내고 있다.

중구난방으로 뻗어 나가는 검기가 아니다.

정련된 검기, 완벽하게 다듬어진 기세다.

천하에 고수가 많다지만 이렇듯 제대로 검을 이해한 자는 그리 많지 않을 듯싶었다.

비무장을 바라보는 옥인마저도 감탄을 금치 못했다.

'검 하나에 목숨을 건 자다.'

성정과 실력의 고하를 떠나 무인으로서 존경을 받아 마땅한 사람이다.

저대로 계속 나이를 먹다 보면, 훗날 천하를 경동케 할 검객으로 명성을 드높일 것이다.

오로지 무(武) 하나에 목숨을 걸 남자가 분명할진대 어찌하여 이런 비무초친에 참가를 했는지 의아할 따름이다.

우우웅.

서로를 겨누는 병장기가 가볍게 떨린다.

전달된 공력 탓인지, 묵직하게 가라앉은 공기의 탓인지 누구도 알 수가 없다.

이번 비무를 바라보는 수많은 관중들이 있었지만, 그들조차도 침을 삼키며 비무장을 내려다볼 뿐이었다.

지금까지의 비무와는 차원이 다르다.

진짜 고수들의 격전.

긴장감의 농도가 이전 예선과는 차원을 달리한다.

강비의 입가에 자신도 모르게 미소가 지어졌다.

'세상에 강자는 많다.'

눈앞의 황동하라는 자에게서 자신과 비슷한 냄새를 맡은 강비였다.

연무장에서 검을 휘두르며 친근한 비무로 성장한 남자가 아닌 것이다.

피와 살점이 튀기는 지옥의 경험이 묻어 나오고 있다.

생사의 틈바구니에서 성장한 검사가 분명하다.

강비의 미소를 보아서일까.

황동하의 눈썹이 꿈틀 움직인다.

터어어엉!

누가 먼저랄 것도 없이.

마치 짠 것처럼 서로를 향해 돌진하는 두 사람이었다.

한 치의 망설임도 없는 질주, 기질은 다르다지만 성정이 비슷함을 말해 주는 듯 돌파(突破)의 의지가 강한 움직임이었다.

스아아악!

공기를 베어 내며 뻗어 나가는 휘로검이었다.

돌진의 신법도 빨랐지만 이 쾌검은 그야말로 발군의 빠르기다.

빛살이 날아가는 것 같았다.

마주하는 강비의 눈에서도 강렬한 광채가 피어올랐다.

차아앙!

튕겨 내는 장봉.

부딪치는 극점에서, 서로가 서로의 반대편으로 휘돌아 가며 각기 병장기를 뻗어 낸다.

콰직! 쩌저정!

검과 봉이 얽히는 허공.

거칠게 피어나는 불꽃이 사방으로 튀었다.

순수한 파괴의 의지였다.

강철의 장봉과 세상천지 무엇이라도 베어 버릴 듯한 보검의 부딪침은 보는 이로 하여금 입을 다물지 못하게 할 만한 웅장함을 마음껏 뽐내고 있었다.

퍼버벅!

흩날리는 경력.

제멋대로 튕겨 나가 비무장 바닥을 파괴시킨다.

돌가루와 먼지가 사방으로 퍼지지만, 그마저도 경풍에 휘말려 하늘 높이 올라가 버렸다.

'역시!'

황동하는 강하다.

이토록 격렬한 움직임을 보이면서도 중심이 완벽하게 잡혀 있다.

짧게 끊어 치다가도 일순간 질러 내는 검결의 오묘함이 제대로 살아 있다.

자유자재, 융통무애에 이른 검법이다.

강비의 몸이 회전을 머금었다.

휘리리릭! 쩌어엉!

한 번 휘돌아 파괴력을 배가시킨다.

공기를 죄다 밀어내고 광검(光劍)의 하단을 노린다.

살벌한 선풍타(旋風打)였다.

장봉에 서린 경력이 무참한 광채를 머금었다.

일격만 허용해도 다리 하나는 작살이 난다.

황동하의 대응은 신속했다.

어느새 역수(逆手)로 쥔 휘로검.

그대로 땅으로 박아 버린다.

파각! 쩌어어어엉!

보검을 땅에 박아 위협을 넘기는 건 물론 장봉의 무게까지 받아 낸다.

애초에 피할 생각조차 없었던 듯 치는 봉의 투로를 원천봉쇄해 버렸다.

어지간히 경험이 많은 무인들도 생각지 못할 대응이다. 절정의 임기응변이었다.

퍼어억!

뒤이어 올려치는 각법이다.

검자루를 쥐고 체중을 실어 치는데 실로 만만치가 않은 위력이다.

장봉의 일격을 막고 이어지는 충격을 힘으로 받아 각법까지 펼쳐 냈다.

물이 흐르는 듯한 몸놀림, 감탄이 절로 나온다.

그러나.

실전의 난투라면 강비라고 뒤질 리가 없다.

전장의 살벌한 칼부림 속에서 비수 한 자루 없이도 부대 하나를 박살 냈던 강비였다.

막았던 다리를 팔로 휘돌려 겨드랑이에 끼어 버린다.

황동하가 허공 높이 뜬 상황에서 다리 하나를 봉해 버린 것이다. 황동하의 눈이 흔들렸다.

"으압!"

거친 기합과 함께, 끼었던 다리를 손 하나로 잡아 그대로 휘두른다.

부웅! 콰아아앙!

사람의 다리를 잡아 땅으로 박아 버리는 강비.

황동하를 물건이라도 되는 것 마냥 땅에 내려쳤다.

비무대의 바닥이 쩍쩍 갈라지며 돌가루를 튕겨 낸다.

"큭!"

억눌린 신음이 나올 수밖에 없다.

엄청난 괴력이다.

임기응변이라 하기에는 무식하다는 소리가 절로 나올 만한 행동이었다.

그러나 효과는 있었다.

원체 강렬한 경험이다 보니 일순간 집중력마저 깨져 버린다.

검을 쥔 이래로 이런 일격은 받아 보지 못했던 까닭이다.

"당할 만한가?"

여유롭게 묻기까지 한다.

위험한 눈빛.

나른한 가운데에 전장의 난폭함이 깃든다.

강비의 눈을 보며 찰나지간, 황동하는 자신과 비슷한 부류의 인간을 만났다는 걸 깨닫는다.

법도가 있는 무공이 아니라 잡배의 싸움법이라도 거리낌 없이 구사하는 자였다.

생사의 틈바구니 속에서 자신의 역량을 정확하게 꿰뚫은 자만이 보일 수 있는 행동이었다.

치이잉!

일어서며 검으로 땅을 긁는다.

육체의 충격은 크지 않았지만 정신적인 충격은 제법 크다.

그리고 그 모든 충격을 지워 내 버릴 정도로, 순식

간에 차오르는 감흥이 있었다.

"간만에 좋은 상대를 만났군."

정도(正道)를 걷는 무문의 무인으로서 거의 수치스럽기까지 한 일격을 허용했음에도, 한 점의 부끄러움이 없다.

황동하가 느꼈던 것과 같이.

강비 역시 깨달았던 바였다.

같은 부류의 사람이다.

이름도, 나이도 커 온 성장 과정도 다르지만 둘은 이곳에 있는 누구보다도 비슷한 성정을 보이고 있었다.

"자, 다시 시작해 보지."

말과 함께 다가서는 자.

호쾌한 진각으로 전진하는 강비였다.

쩌저적!

바닥을 찍은 자국.

사방으로 금이 갈 정도로 위력적인 진각이다.

그 힘을 받아 나아가니, 순간적인 속도가 무지막지하다.

부아아앙!

질러 오는 장봉.

마치 창을 지르는 것처럼 느껴진다. 삼엄한 경력이 전신을 노리고 있었다.

황동하의 검이 하단에서 상단으로 솟구쳤다.

쩌어엉!

짧은 인사, 그리고는 살벌한 검격의 교환이다.

황동하의 검이 마침내 본신의 절학, 섬광식(閃光式)을 펼쳐 냈다.

쩌엉! 쩌어엉! 쩌어어엉!

빠르다.

단순히 빠르다는 말이 무색할 정도로 빨랐다.

세상천지에 쾌검이 많다지만 이처럼 빛살과 같은 쾌검을 구사하는 자가 또 있을까 싶을 정도의 무공이다.

강비의 눈도 신중함을 머금었다.

'인후, 견정, 미간.'

한 번 휘두르는 것 같은데 어느새 치명적인 요혈 세 군데를 노려온다.

그 무공의 이름과 같이 섬광처럼 빠른 검식이었다.

눈으로 쫓는 것이 애초에 불가능할 것 같은 속도였다.

섬전검 황동하.

별호 그대로의 검법을 구사하는 남자였다.

티리링!

돌아가는 장봉의 경력 아래로 섬광의 검식이 갈 길을 잃는다.

시퍼렇게 튀어 나가는 불꽃.

양손으로 장봉을 쥐고, 사정없는 난타(亂打)를 감행하니 사방이 장봉의 그림자 안이다.

어느 곳으로 피해도 봉의 사정권 안이었다.

따아아앙!

휘로검이 튕겨 나가는 건 순간이었다.

황동하의 검은 확실히 빨랐지만 그 위력에 있어서는 강비를 넘어서지 못한 것이다.

괴력에 가까운 봉술을 펼쳐 내는데 심지어 속도까지 비슷하다.

당연히 황동하가 밀릴 수밖에 없었다.

그럼에도.

튕겨 나가는 힘을 이용해서 재차 짓쳐 드는 황동하였다.

물러서서 전의를 가다듬을 거라고 생각하면 오산이다.

이만큼 강렬한 무공을 두고 물러서기에는 자존심이
용납지 않는다.

서걱!

기어이 파고들어 일격을 허용시킨다.

교차되는 두 사람.

강비의 눈이 자신의 어깨를 향했다.

거의 스쳤다고 봐도 무방할 만큼 미미한 상흔이었
다.

치료를 할 것도 없다.

하지만 이것이 의미하는 건 결코 간단하지가 않다.

철벽에 가까운 무공을 구사했음에도 뚫고 들어와
상처를 입혔다.

그것은 곧 언제라도 검격을 허용할 수 있다는 의미
이며 그만큼 황동하의 무공이 빠르고 예리했다는 뜻이
다.

'좋아, 이 정도는 되어야지.'

제대로 붙어 보자 했으면서 정작 제대로 타오르지
못한 사람은 강비였을까.

화아악!

일순간 잠잠했던 호승심이 무서우리만치 치솟는다.

몸을 돌리며 황동하를 바라보는 강비의 눈동자가 위험할 정도로 이글거리고 있었다.

화려하게 타오르는 불꽃, 진짜로 불이 붙어 버린 무인의 호승심이었다.

후우욱.

마음을 달리 먹으니 뻗어 나가는 기파부터가 달랐다.

비무장, 아니, 용곤문의 영역 전체를 무겁게 내리누르는 힘이었다.

달아오른 패왕의 진기였다. 한 인간이 내뿜을 수 있는 기파가 궁극을 향해 나아간다.

호쾌한 접전에 소리를 질렀던 관중들까지 숨을 멈추었다.

"어디……."

천천히 들리는 철봉.

"해볼까."

황동하가 눈이 거칠게 흔들렸다.

온몸에 족쇄가 채워진 것처럼 무겁다.

마주하는 상대의 기파로 인해 행동의 제약까지 생겨날 것 같았다.

'이런 힘을 숨기고 있었던가!'

무섭도록 강인한 자였다.

이전까지의 전투는 여흥에 불과했다는 듯, 본신의 힘을 아낌없이 개방하니 절로 무릎을 꿇어야 할 것 같았다.

아지랑이처럼 타오르는 기파.

백만의 군사를 이끄는 대장군의 위엄이 이러할까 싶다.

강비의 등 뒤로 환상처럼 일렁이는 아지랑이는 수를 헤아릴 수 없는 대군(大軍)의 행렬이었다.

한 번 기세가 주춤하니, 잠식해 오는 기파의 강렬함은 더해져만 간다.

순식간에 팔다리가 부들거렸다.

흔들리지 않는 검심(劍心)마저 위태로이 만드는 기세였다.

'기다려선 안 된다! 이쪽이 먼저!'

터어엉!

바닥을 박차는 사람은 황동하였다.

천 근의 압력을 헤치고 나아간다.

거인이 손바닥으로 내리누르는 듯 묵직하기 짝이

없는 기세를 모조리 흩뿌리고 전진한다.

한 자루 첨예한 검기를 품으니 몸을 묶었던 족쇄도 풀어진 것 같았다.

마침내 휘두르는 검.

섬광(閃光) 삼식(三式), 일소형(一燒形)이었다.

양강의 진기를 머금은 일검은 허용하는 순간 상흔마저 타 버린다.

황동하조차도 실전에서 몇 번 펼쳐 보지 못했던 검이었다.

그 위력에서나 살상력에서나 섬광식에서도 손에 꼽히는 살초다.

그러나 황동하는 알 수 없었다.

강비가 가진 진짜 힘을, 그가 거하고 있는 무도의 영역을 제대로 파악하지 못한 것이다.

일소형만으로는 부족했음을 그는 펼쳐 내는 순간까지도 몰랐다.

쐐애애액!

강비의 얼굴에 미소가 생겨난 건 화염의 광검이 상단을 꿰뚫기 직전이었다.

콰아아앙!

"커헉!"

핏물과 신음이 동시에 터져 나왔다.

휘둘렀던 검은 물론 잡고 있던 황동하까지 튕겨 나갔다.

일격. 단 일격이었다.

후려치는 봉술 한 번으로 육신에 받은 충격의 깊이는 무지막지했다.

온몸의 뼈가 죄다 으스러질 것 같은 힘이다.

코와 입에서 울컥 피가 흐른다.

서둘러 몸을 세운 황동하가 핏발 선 눈으로 강비를 찾았다.

'어디로?!'

없다.

일격을 가했던 그 자리에 강비는 없었다.

후아아앙!

찰나에 찰나를 쪼갠 극한의 시간 속에서.

마침내 황동하는 깨달았다.

그의 머리 위, 피하지 못하면 거의 분쇄가 될 만큼 거센 힘을 품고 들이닥치는 전신(戰神)이 있었다.

흉포함에 가까운 기세를 뿜으며 내리찍는 철봉은

이미 봉이 아니라 한 자루 창이나 다름이 없었다.

콰앙! 콰지지직!

비무대 중앙, 철봉이 찍힌 자리를 시작해서 사방으로 균열이 가기 시작했다.

엄청난 파괴력이었다.

자욱하게 피어나는 연기를 헤치고 겨우겨우 피해 낸 황동하였다.

그가 자랑하는 극쾌의 검으로도 천 근의 중압감을 가진 채 찍어 오는 강비의 무력을 당해 낼 수가 없었던 것이다.

사람의 힘이 아니었다.

'이런 제길!'

이번에도 그곳에 없는가?

아니다.

이번에는 있었다.

철봉을 찍은 그 자리, 비무대 전체를 뒤흔들었던 괴력의 일격을 선사했던 그 자리에 강비는 있었다.

하지만 강비는 있었으되 그의 봉은 손에 없었다.

부아아아앙!

어느새 잡아서 던져 버린 철봉이다.

전사력까지 걸린 철봉이 위험한 회전을 머금고 쏘아졌다.

고개를 드니 이미 지척에 다다른 살기였다.

'도대체 언제?!'

공기를 찢어 내는 소리가 이전과는 비할 바가 아니다.

대기를 빨아들이며 날아오는 철봉.

지금의 상태로는 피할 수 없다.

피했다가는 경력의 소용돌이에 휩쓸려 사지 중 하나가 날아간다.

'막는다!'

날아오는 봉을 흘릴 수 있는 방법도 있다.

하지만 적어도 지금은 불가능하다.

강한 것도 어느 정도여야지, 지금 쏘아지는 봉을 유능제강의 무리로 넘겼다가는 상반신이 통째로 터져 나간다.

"으아아!"

비명에 가까운 기합성과 함께 휘로검이 강렬한 일격을 뿜어냈다.

콰아앙!

"우웨엑!"

거의 오 장에 가까운 거리를 그대로 날아간 황동하였다.

튕겨 나간 철봉을 보지도 못한 채 그 자리에 엎드려 한 사발의 피를 토한다.

엄중한 내상이었다.

단 두 번의 충격을 받은 것만으로 일어서지 못할 만큼의 내상을 입었다.

천천히 고개를 드는 황동하의 눈에 불신의 빛이 어렸다.

'이런…… 괴물이……!'

수준을 달리하는 무력이었다.

일격, 일격에 담긴 파괴력이 측정불가의 위력을 내고 있었다.

시작부터 이런 공격을 맞았다면 진즉에 패배했을 것이다.

엄청난 파괴력을 가진 철봉을 막은 휘로검 역시, 검신(劍身)은 멀쩡했지만 검자루가 깨져서 볼품없이 나뒹굴고 있었다.

처척.

어느새 철봉을 쥐고 그의 앞에 선 강비였다.

"더 하겠나?"

한판 유쾌한 싸움을 하고 싶어 했으나, 본신의 힘을 개방한 강비의 눈에서는 어쩔 수 없는 강자의 위엄만이 가득했다.

쏟아지는 햇살처럼 찍어 누르는 눈빛이었다.

황동하는 깨달았다.

이길 수 없다.

무력의 고하는 물론 존재 자체가 다른 사람이었다.

비슷한 냄새를 맡았을지언정 거하고 있는 위치가 다르다.

어쩌면 평생을 가도 쫓지 못할, 크나큰 태산과도 같은 자였다.

"졌소."

태어나서 검을 잡은 이래로, 이토록 완벽하게 패배를 인정한 적은 처음이었다.

그래서였을까.

복잡하기 짝이 없는 황동하의 눈빛 속에는 분함보다 깊은 당혹스러움이 가득했다.

강비는 몸을 돌렸다.

달아오른 기파를 수습하고 이전의 그로 돌아오니, 그제야 비로소 관중들의 함성이 터졌다

"우와아아아!"

귀가 멀 것 같은 함성, 우레와 같았다.

폭발적인 무력을 보여 준 두 사람이다.

비록 승패가 갈라졌지만 두 사람을 향한 박수갈채는 끝을 모르고 이어졌다.

화려한 함성 속에서.

강비는 비무대를 내려섰다.

*   *   *

체신머리도 없이 벌떡 일어날 뻔했다.

오강명은 의자의 손잡이를 꾹 쥐었다.

어찌나 세게 쥐었는지 콰직 하고 손잡이가 부서져 버렸다.

부서진 나뭇조각과 함께 흥건한 땀이 묻어 나온다.

'저놈……'

그저 쓸 만한 인재인 줄 알았다.

저만한 나이에 출중한 무력, 받쳐만 준다면 오래지

않아 비상의 날갯짓을 펄럭일 수 있으리라 판단한 것이다.

뒤가 없다면 무슨 수를 써서라도 영입하고 싶은 마음이 생겨난 건 그래서였다.

하지만 지금은 아니었다.

충격적인 비무를 보여 준 강청진이라는 청년을 보며, 오강명은 정체를 알 수 없는 위협을 느꼈다.

'저놈은 위험해.'

뭔가가 다른 자다.

그저 무공만 강한 여느 무인들과 전혀 다르다.

도대체 어떤 삶을 살아왔는지, 아니면 태어나길 그리 태어났는지.

이미 패자(覇者)의 자질이 보이는 놈이었다.

조금 전, 비무장 전체를 휘어잡은 기도는 그저 공력이 깊다고 누구나 퍼트릴 수 있을 법한 성질의 것이 아니다.

무력이 그에 이르지 못했음에도.

드넓은 천하, 최고라는 자신감이 물씬 풍겨 나온다.

강자는 스스로 강자라 칭하지 않아도 강자인 법이다.

그 말로 표현할 수 없는 위엄과 분위기가 강청진이라는 청년에게는 있었다.

드러내지 않았다면 평생 눌러 준 채 키울 수 있지만 이미 싹을 틔웠다면 누구 밑으로 들어갈 놈이 아니다.

"흑괴(黑怪)."

"예."

"저 강청진이라는 놈."

오강명의 눈이 살벌한 빛을 발했다.

"뒤를 캘 것도 없다. 내일 이 시간, 비무장에 오르지 못하게 만들어 놔라. 아니, 그 정도로 그쳐서는 안 되겠군."

살벌한 빛은 점점 뚜렷한 형태를 띠었다.

살의(殺意)로 물드는 눈동자.

시커멓게 이글거리는 흑색의 화염이 동공 전체를 지배하고 있었다.

"죽여라."

"없애라는 말씀이신지요?"

"그래."

"어째서……?"

"예감이 좋지 않아. 놈은 다르다. 저런 놈이 순수하

게 비무초친의 자리에 왔을 리 없어. 분명한 목적이
있을 것이다. 하나 거기까진 알 바 아니야. 잡아내서
뭔가를 알아내든 상관하지 않겠지만, 죽여야 할 놈인
건 분명해."

개인의 욕심으로는 수하로 삼고 싶은 녀석이지만
앞으로 펼쳐지게 될 계획을 생각하자면 차라리 싹을
잘라 버리는 게 낫겠다.

조금이라도 가능성을 보이는 자, 이십 년 이상 강호
를 종횡하면서도 살려 준 적이 없다.

강비의 뒷모습을 바라보는 오강명의 눈동자가 흉악
하게 빛났다.

"써먹을 수 있는 패라면 쥐고 흔들겠지만, 그렇지
않을 패라면 부숴 버리는 게 뒤가 편하겠지."

3.
혈투(血鬪)

"호쾌한 비무였습니다. 역시 강 공자의 무공은 전율스럽더군요."

가볍게 술잔을 부딪치며 감탄을 거듭하는 옥인이었다.

황동하라는 검객과의 비무를 말함이다.

비록 강비나 옥인에 비해 손색이 있는 무인이었지만 그 정도로 스스로를 완벽하게 가다듬은 무인은 흔치 않은 법이다.

남궁세가의 옆, 전검무문의 명성을 홀로 드높이기에 부족함이 없는 무인이라는 뜻이다.

그런 무인을 제 힘을 내며 단박에 꺾어 버렸다.

막판에 흉포함에 가까운 힘을 냈을지언정 호쾌함이 남다른 무력의 충돌이었다.

"그게 문제가 아니야."

"예?"

강비는 술잔으로 입술을 적시며 눈살을 찌푸렸다.

나른한 얼굴 속에 드러나는 감정은 묘한 찝찝함이었다.

"뭔가 기분이 나빠."

"아, 혹 제가 말실수라도……?"

"그게 아니야. 이 공기, 뭔가가 벌어질 것 같은 공기야."

"공기요?"

"전운(戰雲)의 냄새가 난다."

제대로 알아듣기 힘든 말이었다.

강비는 기억해 냈다.

아주 미약하지만, 스멀스멀 올라오는 피비린내가 있었다. 비무대에서 내려온 직후에 느껴지던 냄새.

'누군가가 나를 주시하고 있다.'

한동안 편안하게 지내서일까.

까딱하면 알아채지도 못할 뻔했다. 은밀하기 짝이 없는 살의가 전신을 긴장 상태로 몰고 간다. 마치 전장 한가운데에 있는 듯, 불길한 낌새가 가득하다.

'오강명. 오강명인가.'

저 높은 곳에서 내려다보던 눈빛.

겉으로는 천하에 다시없을 대인의 풍모를 보이고 있지만, 뒤통수를 쫓는 눈동자에 알 수 없는 적의를 느꼈던 강비였다.

세간에 알려졌던 협사의 눈과는 다소 거리가 멀다.

'위험하겠어.'

어떠한 적이 와도 정면으로 깨부술 자신이 있지만 지금의 위협은 질이 다르다.

진흙탕에 발이 빠져 버린 것 같다.

세상 전투에 피곤하지 않은 전투가 어디에 있으랴만, 이번에는 실로 만만치 않을 뭔가가 올 것 같다.

"너, 여기에 계속 있을 거냐?"

"예? 아, 예. 용곤문의 비무초친이 끝날 때까지는 있을 겁니다."

"하면 이제부터 우리와는 엮이지 마라."

당혹스러운 말이다.

옥인의 얼굴 위로 당황이 한가득 드러났다.

"그게 무슨 말씀이신지?"

"자칫 잘못하다가는 다쳐."

"예?"

"누군가가 나를 노리고 있다. 같이 있다가는 횡액을 면치 못해."

강비는 들었던 술잔을 다시 놓았다.

"아니다. 어차피 너도 엮이겠군. 이미 일행이라고 보고 있을 테니, 짓쳐 오는 칼날은 마냥 나만을 노리진 않을 거다."

"아니, 도통 무슨 말씀인지……."

"근시일 내에 전투가 벌어질 거라는 뜻이다. 아마 상당히 살벌할 거야. 네 검, 제대로 닦아 놓는 것이 좋을 거야."

이렇게까지 말했는데도 못 알아들으면 바보다.

자세한 상황은 모르겠지만 대충 무엇을 말하는지 알겠다.

옥인의 표정이 급속도로 굳어졌다.

"혹 하시던 일이 잘못된 것입니까?"

"잘못? 그건 아직 모르지. 하지만 날 주목하기 시

작했으니 잘될 것 같지는 않군."

대수롭지 않게 말했지만 강비의 눈은 그 어느 때보다도 형형하게 빛나고 있었다.

보이지 않는 비수가 목덜미 밑에서 맴돌고 있다.

'천아, 어서 와라. 오늘 내로 일 한 번 터질 것 같다.'

저 멀리 내원 쪽을 바라보는 강비의 몸에서 절로 심각한 분위기가 피어올랐다.

*   *   *

그르릉.

'됐다.'

천천히 열리는 책장.

큰 것을 제외하면 딱히 볼 것도 없는 책장이 놀랍게도 열리고 있었다.

천천히 옆으로 돌아가며 그 안의 또 다른 공간을 보여 준다.

식은땀으로 푹 젖었던 장천의 얼굴에 비로소 안도의 기색이 어렸다.

'한시름 놓았군.'

여기저기를 두들겨 보고 기관의 약점이 어딘지, 위협이 어디서 날아올지를 간파하는 데에만 반 시진의 시간이 흘렀다.

다행히도 진관호와 당선하의 가르침 덕택에 생각보다 수월하게 파훼할 수 있었지만, 위험하지 않은 것도 아니었다.

그르르릉.

철컥.

천천히 열리는 책장이 어느새 덜컥 멈추었다.

그 안에 드러나는 공간은 마치 지옥의 아가리마냥 어둡기 그지없었다.

저 안에서 풍겨 나오는 살벌한 분위기는 어떠한 기관에서도 느껴 보지 못한 음험함이었다.

저절로 혼원일정공이 일어난다.

'이건 다르다.'

시커먼 입구에서부터 풍겨 나오는 이질적인 기운.

공간에서 요동치는 기(氣)는 마기(魔氣)에 가까웠다.

혼원일정공이 부여한 정심(貞心)이 없었다면 연 순

간부터 탁기의 침습을 받았을 정도다.

망설임은 있었지만 여기서 멈출 수는 없다.

장천은 만전의 태세를 갖춘 후 천천히 입구로 들어섰다.

그르릉.

놀랍게도, 장천이 들어서자마자 기괴한 소음과 함께 책장이 닫혔다.

완전한 어둠.

빛 한 점 들어서지 않은 어둠만이 장천의 몸을 감싼다.

아무리 내공이 뛰어나다 한들 이렇게까지 어둡다면 앞을 볼 수 없다.

장천은 강비의 말을 떠올렸다.

"마음을 바르게 세워라. 눈으로 보고 쫓는 게 아니야. 눈에만 의존하면 뒤통수에 날아오는 화살을 잡을 수 없지. 전신의 감각을 극대화시키는 거다. 언제 어느 때라도 외부의 자극에 반응할 수 있을 만한 감각을 단련하는 게 중요해. 혼원일정공은 정공(正功) 중의 정공이야. 신공(神功)의 힘을 믿고 눈을 제외한 오감을 칼날처럼 벼린다면 빛과 어둠, 무엇으로도 너를 혼란 시키지 못해."

언제나 강비의 말은 장천에게 크나큰 배움이 되었다.

비록 서문종신이나 진관호만큼의 무리(武理)를 품지는 않았지만, 그에게는 엄청난 아수라장을 겪으며 체득한 실전의 경험이 있다.

그 경험을 토대로 내려오는 가르침은 장천에게 있어서 가뭄 난 땅에 쏟아지는 단비와 같았다.

"눈으로 사물을 바라보면 하나를 보고, 감각으로 사물을 느끼면 열을 본다. 나아가 마음으로 세상을 관조하면 천하 만물, 네가 잡아내지 못할 것이 없다. 그것이 바로 심안(心眼), 달리 말하면 육감이라는 것이지. 나나 루주, 강비는 이미 얻어 낸 능(能)이다. 너라고 못할 것 없어."

강비의 말 위로 덧씌워지는 것은 서문종신의 가르침이다.

강비는 몸으로 체득한 깨달음을, 서문종신은 무공 자체를 참오 하여 얻은 깨달음을 전수한다.

혼원으로 모인 기가 일정(一靜)으로 회귀하여 무한한 힘을 선사한다. 눈을 감고 공간 자체를 느끼는 장천의 몸은 이 순간 또 다른 탈바꿈을 시작하고 있었다.

'이것이다.'

집중을 하지 않으려 해도, 이 극한의 긴장 상태에서는 집중이 될 수밖에 없다.

처음에는 어색했지만 장천은 점차 몸 주변으로 꿈틀거리는 흐름을 잡아낼 수 있었다.

눈을 감은 장천.

조금씩 눈썹을 좁힌다.

'불길한 기운이야.'

눈이 아닌 다른 감각으로 사물을 인지하니 느껴지는 기운의 농도가 훨씬 선명했다.

마치 손을 뻗으면 만져지기라도 할듯 뒤틀려 버린 안개가 온몸을 스치고 나아가는 것 같다.

그래서 알 수 있었다.

'뭔가가 있어.'

이 동혈이 끝나는 지점에.

말로 형용할 수 없는 불길한 뭔가가 있다.

이 기운의 근원지라 할 만한 곳이다.

응축되고 응축되어 다가설 수조차 없을 만한 최악의 마기(魔氣)가 요동친다.

장천의 이마에 식은땀이 흘렀다.

'물러서야 하는가?'

다가서기가 싫다.

싫은 걸 넘어서서 두려울 정도다.

도대체 뭐가 있는지, 확인하기조차 무섭다.

멈칫 얼었던 장천이 입술을 깨물었다.

'여기까지 온 이상 물러설 순 없어.'

위험을 겪지 않고서는 얻을 수 있는 것도 한정되는 법이다.

결국 그는 혼원일정공을 극한까지 운용하며 천천히 발걸음을 떼었다.

얼마나 지났을까.

도대체 어디까지 이어지는 동혈인지 알 수가 없다.

천천히 주변을 느끼며 걷고는 있지만 벌써 일각이나 지났음에도 끝이 보이질 않는 느낌이었다.

그리고 시간이 지날수록 느껴지는 마기의 농도는
짙어져만 갔다.

'힘들다.'

전신이 땀으로 푹 젖었다.

심력 소모도 소모지만 자꾸만 침투하려는 마기를
몰아내는 것만으로도 힘에 부쳤다.

한시라도 빨리 이곳에서 벗어나고 싶은 생각이 머
리를 가득 채웠다.

후우웅.

몸에 힘을 빼며 걸어가길 한참.

마침내 눈을 확 뜨이게 하는 빛이 보였다.

감았던 눈을 뜨는 장천.

몰아치는 마기의 농도가 이전과 비할 바가 아니다.

마치 수천 개의 바늘처럼 전신을 강타하는 마기 때
문에 내력이 거칠게 흔들리고 있다.

혼원일정공의 정순한 기운이 아니었다면 진즉에 피
를 토했을 것이다.

하지만 장천은 마기를 몰아내는 것에 집중할 수 없
었다.

눈앞에 보이는 광경.

이 인세에 있어서는 아니 될 것 같은 광경을 보며,
젊은 잠룡(潛龍)의 눈이 경악으로 물들었다.

"이, 이건……!"

*　　　　　*　　　　　*

"소문주님."

"무슨 일인가."

"신마주(神魔珠)의 마기가 요동치고 있습니다. 필
시 누군가가 비마동(秘魔洞)에 들어선 듯합니다."

공령의 눈이 번쩍이는 빛을 발했다.

"용곤문주나 그 측근은 아니던가?"

"주요 인물들의 위치를 탐색한 결과 그건 아닌 것
같습니다. 외부에서 침입했을 확률이 구 할 이상입니
다."

번뜩 생각나는 사람이 있었다.

벽란. 그리고 그녀가 따르려 하는 군신.

'결국 이리 된단 말이지.'

마음 한구석에서는 이미 알고 있던 바였다.

그녀가 초혼방에서 나왔을 무렵부터, 둘의 운명은

이렇게 될 것이었다.

그래도 안타까운 것은 어쩔 수 없다.

비록 그 연이 끊어졌다고 한들 서로 대치하고 싶은 생각은 추호도 없었다.

그러나 그녀가 택한 길, 자신이 택한 길은 달라도 너무 달랐으며 언제고 반드시 마주쳐야만 하는 길이기도 했다.

적(敵)이라는 한 글자로.

'당신은 날 원망하겠지.'

한 차례 눈을 감고 뜬 공령.

그의 눈동자가 위험한 광채를 발했다.

"마랑(魔狼)을 풀어라. 목숨만 붙여서 내 앞에 끌고 와."

"존명."

                *   *   *

"강 공자!"

어딘가 다급한 어조로 뛰어온 사람은 벽란이었다.

가볍게 술잔을 내린 강비의 눈에 이채가 어렸다.

비록 함께 한 시간을 길지 않았지만, 이렇게 급박한 모습의 벽란을 처음 보았던 것이다.

그것을 보며 강비는 전신을 엄습하는 불안감을 느낄 수 있었다.

"무슨 일이야?"

"장 소협은 어디에 있죠?"

"그건 갑자기 왜?"

"혹시 내원에 침투한 상황인가요?"

주변 시선도 있을 텐데, 목소리를 줄이지도 않고 물었다.

그만큼 급하다는 뜻일 것이다.

강비는 가볍게 고개를 끄덕이며 몸을 세웠다.

뭔가 일이 틀어진 게 분명하다.

그런 느낌이 들었다.

아니나 다를까.

"장 소협이 위험해요!"

어리둥절한 건 강비나 옥인이나 똑같았다.

"아니, 그게 무슨⋯⋯?"

옥인의 의문 어린 어조 뒤로.

강비는 벽란에게 물었다.

어떤 내용인지 파악하는 것보다도 일단 움직이는 게 먼저임을 본능적으로 깨달은 것이다.

"방향을 알 수 있겠나?"

"네!"

"앞장서."

급박한 움직임이었다.

"너는 여기서 기다리고 있어."

"무슨 일입니까?"

"나중에 말해 줄게."

순식간에 그 자리에서 사라지는 두 사람이었다.

비록 난전의 경험은 많지 않은 옥인이었지만 두 사람의 심상치 않은 반응을 보아하니 보통 사단이 난 것은 아니리라.

허리춤에 검을 꾹 쥔 옥인이 불안한 눈으로 강비의 뒤를 쫓았다.

'도대체 어떻게 돌아가는 것인지.'

같은 강호에 살아가면서도 어딘지 사는 세계가 다르다는 느낌이었다.

서로를 이해하기에는 강비가 넘은 아수라장이 지나치게 많았고 옥인의 성정이 너무나 진중했다.

그렇게 화산의 대붕이 잠시 날개를 접고 광룡의 뒷
모습을 쫓을 때.

보이지 않는 암투(暗鬪)가 본격적으로 시작을 알렸
다.

*   *   *

충격적인 광경이다.

비록 나이는 어리다 하나, 강호의 경험으로는 누구
에게도 뒤지지 않는다고 자부하는 장천조차 처음 보는
광경이 눈앞에 적나라하게 드러나 있었다.

검고 검은 제단 위.

일렁이는 수십 개의 촛불 주위로 말라비틀어진 핏
자국이 가득했다.

코를 찌르는 피비린내가 온몸에 소름을 유발한다.

주변에는 얼마나 오래 되었는지 엄청난 수의 유해
(遺骸)가 굴러다니고 있다.

뼈마저도 삭은 듯 잡기만 하면 가루로 으스러질 것
같다.

그것만으로도 기겁할 정도였는데 제단 위에는 한

명의 사람까지 누워 있었다.

아름다운 여인이었다.

후리후리한 키에 절색의 용모가 그야말로 인세의
사람 같지가 않았다.

비취색 궁장을 입은 채로 고요하게 손을 모아 누워
있는 여인의 모습은 묘한 분위기를 자아내고 있었다.

그러나 장천은 여인의 아름다운 용모를 보며, 감탄
보다 공포를 느껴야 했다.

'사람이 아니다……'

기의 흐름을 느끼니 경악할 수밖에 없다.

이 공간, 전체에서 미친 듯이 요동치는 마기가 아주
천천히, 천천히 여인의 몸으로 스며들고 있었다.

그녀의 낮은 호흡이 일 때마다 응축된 마기는 일렁
이며 그녀에게로 부드럽게 들어선다.

동시에 그녀의 안색은 창백해지기를 반복한다.

우우웅.

마치 저 멀리서 희끗한 무언가가 떠다니는 듯했다.

아름다운 외관이긴 하나, 마치 귀신을 보는 것처럼
섬뜩하다.

이 세상에서 존재해서는 안 될 것 같은 존재가 숨을

몰아쉬는 것 같았다.

상식선 안에서 판단할 수 없는 광경을 목도한 장천
이다.

아무리 천하의 신공이라는 혼원일정공을 익히고 있
다지만 정신적 충격이 없을 수 없다.

'크윽.'

정신이 흔들리니 중단이 요동쳤고, 그대로 올라가
상단까지 위협을 받는다.

집중력 하나로 스스로를 보호했던 장천의 몸으로
순간 먹잇감을 발견한 맹수라도 되는 것 마냥 자욱한
마기가 몰려들었다.

'안 돼! 육신을 빼앗긴다!'

그는 서둘러 가부좌를 틀고 앉아 혼원일정공을 운
용했다.

마기(魔氣)란 역천(逆天)의 산물이다.

이 세상에 존재해서는 안 될 악기(惡氣)인 것이다.

순천(順天)의 정기(正氣)와는 완전한 대립을 이룬
다.

양립할 수 없는 기운들.

한쪽이 약하면 파괴되고 먹히는 수밖에 없다.

눈을 감고 운기에 집중하는 장천의 몸이 다시 한 번 땀으로 흠뻑 젖었다.

'정심(貞心). 일정(一靜).'

혼원일정공의 법문을 되새기며 이미 체내로 들어선 마기를 천천히 몰아냈다.

후웅.

시커먼 뭔가가 체외로 나가는 느낌이다.

그나마 초기라서 다행이지 까딱 늦었으면 마기에 잡아먹힐 뻔했다.

만일 이번 의뢰를 시행하기 전 혼원일정공을 익히지 않았다면 그대로 몸을 빼앗겼을 정도로 마기의 농도는 경악스러웠다.

천천히 눈을 뜬 장천.

엄청난 심력의 소모로 안색마저 하얗게 탈색되었지만 그 어느 때보다 그의 눈동자는 신중했다.

'저 여인은 누구고, 여기는 무엇을 하는 장소인가.'

자세한 내막은 모르겠지만 선의(善意)로 만든 장소가 아님은 알겠다.

마치 고대, 피의 제사를 지내는 것처럼 살벌한 분위기다.

'인신공양(人身供養).'

사람을 의식용 제물로 바치는 것을 말함이다.

과거 머나먼 시절, 하늘에게 사람을 제물로 바쳐 횡액을 면했다는 사례는 몇 차례나 보고되고 있다.

마냥 과거의 이야기만은 아니다.

현재에도 세상 곳곳에선 마을의 재앙을 달래기 위해서 아이나 처녀를 제물로 바치는 풍습이 존재한다고 하였다.

'하지만 이건 달라.'

달라도 한참이나 다르다.

마치 저 땅 밑, 지옥의 뭔가를 불러내기라도 할듯 숨조차 쉬지 못할 악의(惡意)가 도사리고 있다.

천도(天道)를 역행하는 광경이었다.

'주술(呪術)? 술법(術法)!'

술법이다.

무공이나 단순한 제사로 설명할 수 있는 영역이 아니었다.

"도대체 무엇을 위한 술법이기에?!'

그는 마기의 근원지부터 찾기로 마음을 먹었다.

어려울 것이 없었다.

저 낮지 않은 천장 선반에서 뭉클 솟아나는 마기가 있다.

마기의 결정(結晶)이다.

세상에 존재하는 온갖 마기를 모아 꾹꾹 뭉쳐 놓은 듯, 검붉은 광채를 발하는 작은 구슬이었다.

그 구슬에서 쉴 새 없이 마기가 치솟고 있었다.

저런 구슬이 세상에 존재하고 있었다니, 보고도 믿을 수 없었다.

'나가야 한다.'

더 이상은 무리다.

참으려면 더 참을 수 있겠지만 의미가 없다.

누워 있는 여인에게 접근조차 할 수 없는데 저 구슬은 오죽하겠는가.

다가서는 순간 단전에 거하고 있는 진기가 모조리 흩어지고 마기에 혼이 빼앗길 것이다.

그렇게 천천히 몸을 돌리려던 장천이다.

스르륵.

'뭐냐?'

그 이외에 있을 리가 없는 이곳에서 뭔지 모를 움직임을 포착한다.

그의 눈이 날카롭게 빛났다.

으르릉.

머리털이 절로 쭈뼛 설 만한 울림이었다.

도대체 언제, 어떻게 이곳에 들어섰음인가.

저 동혈 입구 방향에서부터 몇 마리의 짐승이 천천히 다가오고 있었다.

'늑대?'

단순한 늑대가 아니었다.

평범한 늑대라면 저렇게 클 리도 없거니와 이런 말도 안 되는 살기를 흘릴 수도 없다.

나타난 세 마리의 늑대는 컸다.

커도 너무 컸다.

한 마리, 한 마리가 거의 호랑이에 준할 만한 크기였다.

온몸의 털은 마기를 뿌리는 저 기묘한 구슬처럼 검붉고, 일렁이는 눈빛과 드러난 송곳니는 살벌함의 극치였다.

장천의 등허리로 소름이 쫙 솟았다.

'보통 짐승들이 아니야!'

세상에 이런 늑대들이 존재할 것이라고는 생각해

본 적이 없었다.

하기야 마기가 응축되어 거침없이 뿌리는 구슬도 있는데, 이 정도 늑대들이야 있어도 놀라울 것이 없으리라.

이곳에 오며 상상 이외의 광경을 참으로 많이 본다고 장천은 생각했다.

'문제는 돌파인데.'

늑대들이 살기를 집중하는 곳.

다름 아닌 장천이었다.

천천히 주먹을 쥐는 그의 몸에서 자욱한 전투의 의지가 피어올랐다.

'내가 익힌 혼원일정공은 도가의 신공이다. 제대로만 구사한다면 마기(魔氣)에 물든 마물(魔物)이라 한들 물리치지 못할 리 없어. 집중하자.'

정확한 판단이었다.

흔들리지 않는 정심.

비록 몸은 천근만근 무거웠지만 그의 정신은 그 어느 때보다도 맑고 명료했다.

'온다!'

크와앙!

거친 포효와 함께 먼저 달려드는 한 마리 늑대가 있
었다.

입을 쩍 벌리며 다가오는데 그 속도가 그야말로 번
개와 같았다.

한낱 짐승이 보일 수 있을 만한 움직임이 아니었다.

장천의 주먹이 반사적으로 허공을 질렀다.

퍼엉!

'피해?'

놀랍다.

놀랍다 못해 기가 막힌다.

직선으로 다가오던 늑대가 어느 순간 훅 옆으로 꺼
졌다. 그럴 줄 알았다는 듯 피해 내는 몸놀림이 마치
무림의 고수를 보는 것 같았다.

옆으로 물러선 늑대가 다시 한 번 전진을 감행했다.

어둠 속에서도 빛나는 송곳니가 무시무시하다. 적
어도 한 번이라도 물린다면 성할 것 같지가 않다.

장천의 다리가 채찍처럼 올라갔다.

터어엉! 파앙!

크헝!

거친 비명과 함께 나가떨어지는 늑대.

후려치는 각법으로 턱을 맞았으니 온전할 리가 없다.

하지만 진짜 놀라운 광경은 거기서부터 시작이었다.

땅바닥을 나뒹군 늑대가 머리를 한 차례 흔들더니 다시 일어난다.

재차 이곳을 노려보는 눈빛은 이전보다 한층 위협적이다.

장천은 자신도 모르게 이를 악물었다.

늑대의 턱을 찬 발등이 욱신거렸다.

늑대가 아니었다면 바위를 후려쳤다고 착각할 만큼 아팠다.

'적어도 턱뼈가 으스러져야 하는데?'

아픔보다도 놀라움이 더 컸다.

시기적절한 이번 일격, 나무 한 그루도 단박에 부숴 버릴 만큼의 힘이었다.

어지간한 고수라도 제대로 맞았다면 뼈가 부러지고 내상을 입었어야 옳다.

저 늑대는 지나칠 정도로 멀쩡해 보인다.

그 늑대를 기점으로 다른 두 마리도 천천히 다가선다.

'제기랄.'

이렇게 된 이상 속전속결이다.

바깥에서 알아채는 한이 있더라도 빠르게 해결해야 한다.

그렇지 않으면 체력부터 바닥나리라.

터어어엉!

바닥을 박차는 장천의 발소리가 유난히 격정적이었다.

*   *   *

"이걸 품에 넣어요."

서두르는 강비에게로 벽란이 부적 한 장을 건네었다.

"뭔데?"

"은영부(隱影符)예요. 일각 정도 모습을 감추게 해주는 공능이 있어요. 기척과 소리까지 감추죠."

모습을 감춘다?

놀라우면서도 마냥 놀랍지는 않다.

술사(術士)들의 세계다.

강비가 그에 대해 모르는 건 이상한 일이 아니었다.

'별 신기한 부적도 다 있군.'

부적술, 동조술법이라는 것에 능하다고 하더니 과연 그런 것 같았다.

부적을 지니고 있기만 해도 남들의 이목을 속일 수 있다니, 기실 기가 막힐 일이다.

"일각이라면 괜찮군."

짧지도 길지도 않은 시간.

하지만 장천을 위험에서 빼내기에 괜찮을 것 같았다.

그러나 벽란의 표정은 한없이 굳어졌다.

"은영부는 술력을 집어넣은 부적이에요. 본격적으로 술법을 사용하는 것이죠. 그렇다면 이곳에 거하는 술사들이 이 힘의 흐름을 모를 리 없어요. 침투 전에 장 소협에게 부적을 주지 않은 이유가 따로 있는 게 아니에요."

그랬다.

용곤문, 이 정체를 알 수 없는 문파에는 단순히 고수만 많은 것이 아니었다.

벽란과 같은 술사들도 있다고 했다.

그것도 초혼방의 술사들이.

"일각이지만 저쪽에서 알아채는 시간은 더 빠를 거예요. 한시라도 빨리 움직여야 하죠."

"알겠어."

이런 식으로 또 도움을 받으리라 생각하지 못했다.

그러나 지금은 그게 중요한 게 아니다.

은영부를 품에 넣은 두 사람이 빠르게 움직였다.

화아악!

거리낌 없이 경공을 전개한다.

그럼에도 옷깃이 휘날리는 소리도 없다.

수문위사가 보란 듯이 담을 넘는데도 이쪽은 전혀 신경 쓰지 않는다.

확실히 놀라운 부적이었다.

'이것이 술사들의 영역인가.'

신비로운 세계다.

하지만 마냥 감탄만 하기에는 현재 처한 상황이 좋지 못하다.

장천이 위험하다고 했다.

벽란을 믿는다기보다 그녀의 말을 믿는다.

필시 그의 신변에 이상이 있을 것이다.

'조금만 참아라.'

거칠게 경공을 전개하는 강비의 얼굴에 걱정의 빛이 흘렀다.

파아앙!

걱정이 격동이 되어 신법을 전개하니 그 속도가 가히 무시무시하다.

담과 담을 넘는 시간이 번개와도 같았다.

너무 빨라서 벽란이 허둥거릴 정도였다.

순식간에 내원으로 질주하는 둘.

얼마 지나지 않아 단번에 건물 안쪽으로 들어선다.

강비의 눈이 내원의 주변을 훑었다.

'은신.'

상당수의 무인들이 이곳에서 은신하고 있었다.

절묘한 사각을 파고들어 지킨다.

기척을 죽이는 법을 제대로 익힌 무인들이었다.

하나 문제는 그게 아니었다.

강비의 표정이 삽시간에 굳어졌다.

"느껴지나요?"

"그래."

상승의 경지에 든 무인이라도 집중하지 않으면 놓칠 만큼의 기.

기의 파동이다.

저 너머에서 뭉클 삐져나오는 마기가 느껴졌다.

극히 일부임에도 불구하고 절로 호천패왕기가 일어나 육신을 둘러치고 있었다.

마기의 농도가 상상을 불허한다.

세상에 존재해서는 안 될 이질적인 기운이, 저 조그마한 문 너머에서 흘러나오고 있다.

벽란의 표정이 창백해졌다.

"신마주(神魔珠)에 권속(眷屬)인 마랑(魔狼)까지……."

"신마주? 마랑?"

"역천의 산물 중에서도 지고(至高)의 위치에 있는 마물이에요! 어째서 여기에 신마주가?!"

알아들을 수 없는 말이다.

중요한 것은 장천이 겪을 위험이 생각보다 더 거셀 것이라는 예측뿐이다.

눈을 감고 있지만, 그녀의 표정만으로도 엄청나게 경악했다는 걸 알 수 있었다.

"가도록 하지."

"네! 조심하세요!"

스르륵.

그토록 많은 무인들이 있음에도 둘을 보지 못했다.

순식간에 내원을 가로질러 문을 연다.

훅 하고 끼쳐 드는 강렬한 마기의 파동.

바깥에서 느꼈던 것과는 차원이 다르다.

저 평범한 책장 너머로 응축된 마기가 가득 느껴진다.

강비의 눈이 흔들렸다.

'기관술? 제길!'

책장 자체가 기관이다.

그것까진 알겠다.

하지만 그 뒤가 문제다.

기관에 대한 지식은 거의 없는 강비였다.

이곳이 기관술로 작동되는 곳인지까지는 알 수 있지만, 거기까지다.

"기관인가요?"

"맞아. 그것도 상당한 수준의 기관이야. 잘못 건드리다가는 별게 다 튀어나오겠지."

강비의 눈동자가 일순 화염과도 같은 광채를 품었다.

책장 너머.

마기의 파동이 강하게 일렁이는 저 너머에서 갈대가 흔들리듯 위태로이 퍼지는 신기(神氣)를 느꼈기 때문이다.

'천아!'

혼원일정공은 신공이다.

급하게 만들었음에도 천하에서 쉬이 찾아볼 수 없는 절공으로 화한 무공인 것이다.

그런만큼 내재된 신기(神氣) 역시 대단하다.

한데 그 신기가 탁하게 물들어 가고 있었다.

위태로운 기운이다.

마기에 침습을 당하는 것 같았다.

"안 되겠어."

"네?"

"이대로는 천아가 위험해. 기관이고 나발이고 부술 수밖에 없겠어. 소동이 클 거야. 뒤로 물러서서 이곳에 들어오려는 무인들을 막아."

"아니, 강……."

후우웅.

대답은 듣지 않는다.

왼팔을 앞으로 뻗고 자세를 낮춘다.

철봉의 끝을 잡고 뒤쪽으로 빼내니 순식간에 대기가 공명하여 엄청난 전사를 머금는다.

강비의 각오를 깨달은 벽란이다.

빠르게 뒤로 물러서서 문을 봉쇄한다.

그녀의 품속에서 수십 장의 부적이 허공 높은 곳으로 날아올랐다.

촤라락!

부적이 공중에서 꽃처럼 화사하게 퍼졌다.

온갖 기묘한 글자들이 쓰인 붉은색 부적들이다.

어떻게 펼쳐내는 술법의 조화인지 알 수 없지만 은은한 광채를 머금은 부적들을 보건대, 대단한 술법을 펼치려 함을 알 수 있다.

우웅. 우웅.

회전하는 철봉에 호천패왕기가 한껏 깃들고.

이 영역 전체의 대기가 미친 듯이 철봉으로 빨려 들었다.

무지막지한 회전을 머금은 철봉 주위로 마치 돌풍이 모여든 것 같았다.

광룡창식, 회천포의 포격 장전이 완료된 것이다.

"합!"

콰앙!

대지를 찍는 발소리.

온몸을 탄력적으로 휘돌려 광룡의 포탄을 쏘아 낸다.

부아아아아앙! 콰아아앙!

무시무시한 경력의 소용돌이로 철로 만들어진 책장 자체가 종잇장처럼 찢겨져 사방으로 터져 나갔다.

완전히 무너져 버린 책장.

동시에 사방에서 정체를 알 수 없는 암기들이 무차별로 쏟아졌다.

파바바바박!

피할 곳은 단 한 군데도 없다.

그 속도 역시 번개처럼 빠르다.

수를 헤아리기도 힘든 암기들이 해일처럼 두 사람을 향해 짓쳐 들었다.

따다다당!

휘돌아 가는 철봉이 전면의 암기들을 모조리 튕겨 냈다.

그러나 암기가 너무 많았다.

마음만 먹으면 죄다 막을 수 있지만 언제까지 날아올지 모른다는 게 문제였다.

책장 안 동혈로 질주하는 그의 등 뒤로 또 다른 암기들이 살벌하게 쏘아진다.

강비의 눈이 섬광을 머금었다.

따다다당!

박살 난 책장의 철판을 발로 차올리고 등 뒤를 보호한다.

짧은 시간, 기가 막히는 응수였다.

철판으로 무수한 암기들이 쏟아지며 튕겨 나갔다.

무공과 임기응변의 합일이었다.

'제길.'

그러나 그 많은 암기들을 완전하게 막아 낼 수는 없었다.

급한 것은 장천, 터져 나오는 암기의 폭탄들을 막아 내며 안으로 들어섰다.

그의 옆구리와 허벅지, 어깨 등에 십여 개의 조그마한 암기가 박혀 들었다.

아픔을 느낄 사이도 없었다.

그의 몸이 빛살처럼 어둠의 동혈 안으로 들어섰다.

화르륵.

불길하게 일렁이는 마기를 제치고.

전신의 내공을 잔뜩 끌어 올려 신법을 펼치니 순식간에 도달한다.

촛불마저 어둡다고 느껴지는 곳에서.

세 마리의 거대한 괴수들 사이, 휘청거리는 신형이 보였다.

어떻게든 신묘한 권법을 펼쳐 내며 버티고 있지만 이미 몸 곳곳에서 피가 배어 나오고 있었다.

상처라면 치명상이라 볼 수 없었지만 문제는 마기였다.

흔들리는 정심 사이로 극악한 마기가 스며드니 제정신을 차리기 어려운 기색이었다.

위험하다.

극도로 위험한 상황이었다.

"천아!"

터어엉!

탄력적으로 펼쳐지는 보법.

강비의 몸에서 일순 세상을 뒤흔들어 버릴 만한 살기가 일어났다.

이전, 비사림의 광호라는 사내가 뿜었던 살기가 마기로 격동이 되어 나타난 것이라면 강비의 살기는 순수한 살기 그 자체다.

세상을 태워 버릴 만한 불꽃, 동혈 내에서 흐르는 마기마저도 주춤할 정도였다.

엄청난 위압감을 느껴서일까.

두 마리의 늑대가 이쪽을 돌아보았다.

"감히!"

분노의 일성(一聲)이었다.

허공을 가로지르는 불꽃과도 같은 적광(赤光)이 거대한 늑대의 주둥이 안으로 쏘아졌다.

퍼어어어억!

산산이 터져 나가는 늑대의 머리통.

비산하는 이빨과 핏물, 뇌수 사이로 드러나는 한 자루의 철봉.

무자비한 경력의 소용돌이로 머리가 터져 버린다.

쐐애애액!

강비의 질주는 멈추지 않았다.

죽어 버린 한 마리 늑대의 몸체를 밟고 날아올라 그대로 철봉을 내려쳤다.

공기를 찢어발기는 소리가 소름끼치게 주변을 뒤흔들었다.

뻐어어억! 캬아앙!

새된 비명을 지르며 바닥에 처박히는 늑대.

위급함과 분노로 인해 발산되는 거력이었다.

일격을 맞은 늑대의 등뼈가 완전히 박살 났다.

허둥거리는 늑대, 강비의 몸이 허공 높은 곳에서 아래로 폭발적인 질주를 감행했다.

콰아앙!

그 기세 그대로.

머리통을 밟아 터트렸다.

무공도 뭣도 아니었다.

패악에 가까운 몸놀림에 순식간에 두 마리의 늑대가 끔찍한 죽음을 맞이한다.

끼이잉.

찰나지간 벌어진 일이라고 보기에는 지나치게 살벌했다.

흉악함의 극치였다.

장천을 위협했던 남은 한 마리의 늑대가 대가리를 수그리며 뒷걸음질 쳤다.

전의를 잃은 야수는 이미 야수가 아니다.

하나 그렇다고 강비에게 자비가 생겨난 것도 아니었다.

이글거리는 눈동자 속, 용암처럼 들끓는 살기가 휘두르는 주먹에 그대로 실렸다.

퍼엉! 케에엑!

주둥이를 후려친다.

단박에 입가가 박살이 났다.

벽면으로 튕겨 나간 늑대, 강비의 몸도 빛살처럼 늑대를 따라 철기둥 같은 다리를 휘둘렀다.

빠각!

벽면과 강비의 발 사이로.

늑대의 머리통이 짓눌려 터졌다.

세 마리의 늑대, 마랑이라 불리며 술가(術家)에서 공포의 대명사로 불리었던 마물(魔物)들이 군신(軍神)이 발한 다섯 번의 출수로 몽땅 죽음의 늪을 건넜다.

그야말로 찰나간에 벌어진 참상이었다.

난입에서 박살까지 눈 깜짝할 새에 이루어졌다.

강비가 왔음을 본능적으로 알았을까.

몸조차 제대로 가누지 못했던 장천이 희미한 미소

를 지르며 무릎을 꿇었다.

"천아!"

재빨리 안아 드는 강비.

그의 눈동자가 거칠게 흔들렸다.

'이건!'

장천의 눈동자.

흰자위까지 새까맣게 변해 버렸다.

초점조차 잡히지 않는다.

침범을 받은 사이한 마기 때문에 정심하게 쌓아 둔 내력마저 흔들리고 있었다.

'이 상태로 두면 위험해!'

그는 저 너머를 바라보았다.

말라붙은 핏자국이 선명한 제단 위, 한 명의 여자가 곱게 누워 있었다.

그리고 그녀보다 더 위쪽, 선반에 극도로 응축된 마기가 소용돌이친다.

'저것인가.'

심상치 않다.

도대체 용곤문은 무엇을 획책하고 있는 것인가.

어찌하여 저런 역천의 마물을 품고 있으며, 어찌하

여 이곳에 여인이 누워 있는가.

당장 장천의 내력을 순정하게 다듬어 주어야 할 급박한 상황인데도 도무지 눈을 뗄 수 없을 만큼 기이한 광경이었다.

그는 기감을 확장했다.

저 멀리 벽란의 신비로운 기가 느껴졌다.

'흔들리지 않는다. 좋아, 아직 버틸 수 있어.'

벽란, 비록 첫 만남은 과히 좋다 말할 수 없었지만 지금은 뒤를 맡겨 둘 수밖에 없다.

그녀의 능력은 출중하다.

적어도 장천에게 깃든 마기를 몰아낼 수 있을 정도의 시간은 충분히 벌어 줄 수 있을 것이다.

'빚은 나중에 갚도록 하지.'

그는 힘없는 장천을 기어이 앉힌 후, 명문혈에 손을 대었다.

서로 다른 내공심법, 자칫 잘못하다가는 체내에서 내력의 충돌이 생길 수도 있다.

그러나 강비의 행동은 거침이 없었다.

호천패왕기나 혼원일정공이나 근본은 도가의 신공이다.

아무리 기질이 다를지언정 순정하고도 순정한 근원
이 있으니 분명 무리 없이 받아들일 것이다.

우우우웅.

과연 그의 예측이 맞았다.

겉으로는 거칠기 짝이 없는 패왕의 진기가 장천의
체내에 들어선 이후 도도하게 혈도를 타고 흐른다. 불
행 중에 다행이었다.

'심하군.'

마기가 곳곳에 들어서 있었다.

타인의 공력이 경력으로 침투했을 때도 탁기가 치
솟는 법.

하물며 사이한 마기는 더 말해서 무엇할까.

장천의 정신을 뒤흔드는 것도 모자라 급속도로 메
마르게 한다.

거침없이 파괴적인 성정을 드러내고 있었다.

'씻어 낸다.'

장천의 몸으로 호천패왕진기가 쏟아지는 강물처럼
들어섰다.

한 인간의 몸에 들어선 세 개의 진기.

일순간에 신성한 기운이 몰아 서니 마기가 주춤한다.

비록 응축된 마기였을지언정 이 동혈 전체에 흐르는 마기에 비한다면, 장천의 체내에 깃든 마기의 양은 너무나도 적다.

패왕진기가 마기를 천천히 몰아내면서 또한 한편으로 장천의 내력을 돋우었다.

우우웅.

강비의 이마에 땀이 흘렀다.

힘든 작업이었다.

단순히 마기를 몰아내고 장천의 내력을 돋우는 것이라면 이렇게까지 힘들 일은 아니다.

사방에서 요동치는 마기.

장천에게 그러했던 것처럼 강비에게도 침입을 시도하고 있었다.

그것까지 막으려다 보니 아무리 강비라도 힘들 수밖에 없었다.

"후우우."

어느 순간 장천의 입에서 깊은 숨이 내쉬어졌다.

마기의 칠 할 이상을 몰아내었고 소모된 장천의 내력을 도와 혼원일정공 자체의 힘을 살렸다.

이제는 가만히 놔두어도 장천 스스로 충분히 마기

를 몰아낼 수 있을 것이다.

명문혈에서 손을 뗀 강비가 제단을 바라보았다.

곱게 누운 여인.

아리따운 얼굴이다.

그 미모가 가히 경국지색(傾國之色)이라 할 만했다.

'저 여인도.'

장천보다 더했다.

장천은 마기의 침습을 받아 정신을 잃기 직전이었지만 이 여인은 이미 정신을 잃은 걸 넘어서 전신이 마기화(魔氣化)가 되고 있었다.

인간의 몸에 이토록 응축된 마기를 집어넣을 수 있다는 것 하나만으로도 놀라운 일인데, 더욱 놀라운 일은 여인이 그걸 평온하게 버티고 있다는 것이다.

보통 사람이었다면 몸이 터졌어야 정상이다.

'사이한 대법이다. 인신공양, 뭔가 술수가 있었어.'

술법에 대해 모른다 해도, 이런 광경을 보면 술법을 떠올릴 수밖에 없다.

무공으로 설명할 수 없는 영역의 일이다.

"형님……."

뒤에서 들려오는 목소리.

반가운 목소리였다. 피로에 지친 눈을 뜬 장천이 일어서고 있었다.

"몸은 괜찮으냐?"

"예, 덕분에 살았습니다."

아직 완전히 회복되려면 멀었지만 몸 하나 건사하기에는 부족함이 없어 보였다.

아무리 강비가 내력을 돋우었다고 해도 빠르다.

그만큼 혼원일정공이 정순하다는 뜻이었고 그만큼 장천의 체력이 좋다는 뜻이었다.

"가자, 벽란이 막고 있어. 용곤문을 떠야 해."

"이대로 나갈 수는 없습니다. 저 여인도 반드시 데리고 가야 해요."

장천의 손가락이 향하는 곳.

제단 위, 여인을 향해서였다.

강비의 눈이 장천의 눈과 정면으로 부딪쳤다.

다른 말은 필요 없다.

장천은 그리 판단했고, 그렇다면 분명 그럴 만한 이유가 있을 것이다.

강비는 가볍게 끄덕였다.

"좋아."

그는 재빨리 장포를 벗어 찢은 후 여인을 업고 동여 맸다.

몸 자체가 이미 마기화가 되어서일까.

단순히 업었을 뿐인데도 등판에 느껴지는 살벌한 마기가 무지막지했다.

소름이 절로 끼쳤다.

"형님, 가져갈 건 하나가 더 있습니다."

"음?"

"저 선반 위, 마기가 새어 나오는 구슬도 가져가야 합니다. 이 여인은 지금 마기를 빨아들이면서 생명을 유지하고 있어요. 이곳에서 나가는 순간 생명력이 떨어지게 될 겁니다. 자칫 돌이킬 수 없는 사태에 이를 수 있습니다. 저 구슬이 필요해요."

극도의 피곤이 몸을 사로잡고 있지만 장천의 눈은 언제나 맑았고, 진실되었다.

오히려 여유가 없었던 건 강비였다.

여인과 구슬과의 연관성을 파악하지도 못하지 않았나.

조금만 유의해서 봤으면 알아차릴 수 있었던 바였다.

후우웅.

퍼억.

철봉을 휘둘러 선반을 박살 낸 후, 기이한 구슬을 손에 쥔다.

'큭!'

손바닥이 타 들어갈 것 같다.

막상 손에 쥐니, 그야말로 엄청난 농도의 마기가 치솟고 있었다.

장심(掌心)을 통해서 직접적으로 파고드려는 마기 때문에 정신이 다 혼미할 지경이었다.

제아무리 고수라도 이런 것을 함부로 만졌다가는 정상을 유지할 수 없다.

호천패왕기의 신묘한 진기가 아니었다면 손에 쥐자마자 마기에 중독되었을 것이다.

그가 재빨리 여인의 품속으로 구슬을 넣었다.

여전히 마기가 주변을 요동치고 있었지만 그래도 한결 나았다.

"따라올 수 있겠냐?"

"걱정하지 마십시오."

파바박!

그 자리에서 벗어나는 둘.

거칠 것이 없다.

이미 일은 터졌으니 은신이고 나발이고 신경을 쓸 필요가 없는 것이다.

한순간 그 동혈에서 벗어나니 어느새 치고 박는 격전의 장으로 돌입했다.

저 앞에서 무적의 수성(守城)을 만들어 놓은 자.

벽란이었다.

사방천지, 어디에서 그 많은 게 튀어나왔을까 도통 이해할 수 없는 부적들이다.

허공을 가득 메우며 시뻘건 빛을 발하는데 무인들이 뚫고 들어오려 해도 가능하지가 않았다.

거대한 원을 그리며 돌아가는 광채 어린 부적들.

파지직거리며 묘한 위압감을 발산한다.

그 뒤에서 벽란이 여전히 눈을 감고 중얼거린다.

주술(呪術)을 쓰고 있는 모양이다.

쐐애애액! 파지지직!

"크악!"

혹시나 몰라 하는 기색으로, 한 명의 무인이 부적 너머로 검을 휘둘렀지만 마치 벼락에라도 맞은 듯 시커멓게 타서 뒤로 튕겨져 나갔다.

자욱하게 피어오르는 연기, 내장까지 통째로 익은 모양이다.

당연히 살아남을 수 없다.

'무시무시하군.'

무적의 방패가 따로 없었다.

아무도 그 술법의 방벽을 깨트리지 못했다.

그저 앞을 서성일 뿐이다.

"이쪽은 끝났어! 탈출할 때야!"

그 음성을 들었을까.

벽란이 외우던 주(呪)를 뚝 멈추더니 순간 양손을 벌려 기합성을 내질렀다.

"합!"

파지지직! 콰콰쾅!

엄청난 광경이다.

톱니바퀴처럼 돌아가던 거대한 부적더미들이 벼락처럼 사방으로 쏘아지며 건물의 입구를 통째로 박살내고 있었다.

인간의 손에서 펼쳐진 자연재해였다.

입구가 터지며 그 너머로 소규모 전격(電擊)이 휘

몰아쳤다.

앞에서 서성였던 무인들이 본능적으로 뒤로 빠졌지만, 번개보다 빠를 수 없었다.

퍼어엉! 퍼버버벅!

자욱하게 터지는 살점과 피.

지옥도가 따로 없었다.

비명도 없다.

거의 삼십여 명에 달하는 무인들이 소리 한 번 지르지 못하고 저승길로 떠나 버렸다.

핏물은 명멸하는 번갯불에 의해 순식간에 증발되어 고약한 냄새를 풍겼다.

압도적인 술법의 힘.

'이 정도였던가.'

충격적이었다. 진짜로 놀라 버렸다.

인간이 가질 수 있는 최대한의 힘을 끌어낼 수 있는 공부가 무공이라 생각했는데 이런 오산이 또 없었다.

술법, 가히 초인(超人)이 구사할 수 있는 힘들을 그대로 보여 주고 있었던 것이다.

"바깥으로!"

벽란의 얼굴에는 어떠한 피로도 느껴지지 않았다.

급박한 상황이라 그런지 이처럼 강렬한 술법을 펼쳐 놓고도 체력이 떨어지지 않는 모습이었다.

생각보다 훨씬 대단한 수준의 술사임이 틀림없었다.

터어엉!

빛살처럼 나아가는 세 명.

저 멀리서 엄청난 수의 무인들이 몰려들었다.

이처럼 과격한 폭음이 터졌는데 그걸 모른다면 말이 되질 않는다.

각기 철곤을 든 수십의 무인들이 앞서거니 뒤서거니 하며 이곳으로 질주를 감행했다.

"담을 넘어!"

길을 튼다.

어쩔 수 없는 일이다.

강비나 벽란이나 충분히 정면으로 뚫고 갈 수 있을 만한 능력이 되지만 문제는 장천이었다.

신법에 보조를 맞추는 것만으로도 힘겨워하는 기색이다.

자칫 잘못해서 낙오라도 되면 큰일이다.

하나의 담을 넘고, 두 개의 담을 넘기까지는 찰나였다.

벽란의 눈썹이 일그러졌다.

"강 공자!"

"알아! 나도 느꼈어!"

하나의 담을 더 넘으려는 곳.

그 너머에 기파를 숨기지 않은 고수 두 명이 느껴졌다.

일대일로 붙는다면야 충분히 누를 수 있겠지만 두 명이라면 이야기가 달라진다.

절정고수들이 진을 치고 있다.

"네 이놈!"

담 너머에서 먼저 올라온 자.

크나큰 덩치에 걸맞은 거도(巨刀)를 손에 쥔 자였다.

이전 예선 비무에서 앞길을 막았던 중년인, 호왕도 반승이었다.

별호가 호왕도라더니 말 그대로 호랑이가 따로 없다.

문답무용의 기색으로 거도를 휘두르는데 산중대왕(山中大王)의 기세가 그대로 실렸다.

항상 나른했던 강비의 눈동자가 파천(破天)의 섬광

을 띄웠다.

"비켜!"

쩌어엉!

돌진하며 철봉을 휘둘렀다.

반승의 눈에 놀라움이 어렸다.

이번 일격으로 물러서게 만들 요량이었는데 오히려
한 번의 격전으로 밀리는 건 자신이었다.

거세기가 말도 못할 힘이었다.

그가 튕겨지듯 담 너머로 다시 넘어갔다.

강비의 폭발적인 힘을 모두 감당하지 못했던 것이
다.

그러나 확실히 그는 경험이 남다른 고수였다.

담을 그대로 타 넘으려 신법을 펼치는 강비 일행.

그 찰나지간에 거도를 휘둘러 담벼락을 부숴 버렸
다.

콰아앙!

비산하는 돌조각들 사이로 커다란 칼날이 삐죽 모
습을 드러냈다.

무식한 경력의 폭발로 자욱하게 먼지가 피어올랐
다.

강비의 눈에도 난감함이 떠올랐다.

워낙 시기적절한 파괴였다.

밟고 나아가려는 그 순간에 부숴 균형을 잃었다. 동시에 그의 안면을 향해 휘둘러지는 주먹 하나가 있었다.

파아앙!

산동에서 명성을 날리던 고수, 괴암권이었다.

반승 못지않은 기파를 드러내는 절정고수.

아무리 강비라도 괴암권의 일격을 안면으로 허용하면 목숨을 장담할 수 없다.

'제기랄. 피하긴 늦었어, 흘린다.'

철봉을 쥐지 않은 왼손이 부드러운 금나(擒拿)의 수법으로 강철처럼 단단한 주먹을 잡고 옆으로 튕겨냈다.

절묘한 한수였다.

그러나 강비의 안색은 펴질 줄을 몰랐다.

'힘이 실리질 않았어. 이 격(二擊), 연타(連打)가 온다!'

예상대로였다.

튕겨 나가는 방향으로 몸을 눕힌 괴암권이 채찍처

럼 다리를 휘둘렀다.

무서운 속도의 각법이었다.

주먹 못지않게, 아니, 오히려 주먹보다도 강렬해 보이는 일격이었다.

파고드는 각법.

피할 수도, 막아 낼 수도 없다.

등에는 여인까지 엎고 있으니 운신조차 자유롭지 못하다.

'옆구리는 내준다!'

살을 주고 뼈를 깎는다.

그의 왼손이 주먹으로 바뀌며 야왕신권의 살벌한 힘을 모았다.

그때였다.

쐐애애액!

번개처럼 파고드는 부적 한 장이 있었다.

비수라도 착각해도 될 만큼 날카롭고 빠른 비격이었다.

부적이 괴암권의 허벅지에 박히자마자 기이한 폭발을 일으켰다.

퍼펑!

"크아악!"

새된 비명을 지르며 나가떨어지는 괴암권.

다리 하나가 통째로 날아갔다.

피가 분수처럼 터지고 균형을 잃은 그가 바닥으로 곤두박질쳤다.

폭발을 일으키는 부적이라니, 경황 중에도 혀를 내두르게 된다.

"달려요!"

더없이 든든한 지원군이 뒤를 받쳐 주고 있다.

벽란, 놀라운 술법의 힘을 적나라하게 구사하는 여인이었다.

그녀의 시기적절한 부적술이 아니었다면 오른쪽 갈빗대가 죄다 부러질 뻔했다.

강비는 공중에서 기어이 균형을 잡고 반승을 향해 좌권(左拳)을 휘둘렀다.

쩌어어엉!

널찍한 도신(刀身)으로 권경(拳勁)을 막아 냈다.

반승의 호안(虎眼)이 살기를 머금었다.

튕겨 나간 거도를 양손으로 쥐며 일도양단의 기세로 찍는데 갈라 오는 경력이 말도 못하게 살벌했다.

목표는 강비의 정수리.

가만히 두고 볼 그가 아니었다.

찍어 내려오는 칼날을 중심으로 회전하며 몸을 낮추고 반승의 오금을 후려쳤다.

마치 짠 것처럼 신속하고 부드러운 동작이었다.

퍼벅!

"크윽."

절묘한 타격이었다.

곧바로 중심이 무너져 쓰러지는 반승이었다.

당혹스러운 감정이 그대로 눈가에 드러난다.

강호에서 명성을 날린 이후, 후배에게 이런 수모를 겪은 것은 그로서도 처음이었던 까닭이다.

"이놈!"

우렁우렁한 사자후(獅子吼)였다.

당연히 무시한다.

지금은 싸워야 할 때가 아니라 돌파해야 할 때였다.

비무초친이고 뭐고 일단 용곤문의 영역에서 최대한 멀어져야만 했다.

세 사람의 신형이 빛살처럼 또 하나의 담을 넘었다.

저 멀리, 하나의 담만 더 넘으면 된다.

얼마나 크고 웅장하게 지었는지 담을 몇 개나 넘었음에도 아직 문내 영역이다.

하지만 이번에는 반승과 괴암권, 두 고수의 방벽보다도 큰 장애물이 존재했다.

"멈추어라!"

거센 일갈에 공기가 다 요동치는 것 같았다.

깊은 내공이었다.

단순 내공만 보자면 강비에 비해도 크게 부족하지 않은 듯싶었다.

첨예하게 솟은 예기, 대단한 수준에 이른 검객이었다.

그리고 그 옆, 세 명의 고수가 함께 한다.

의문의 검사를 제외하고는 개파식 당일 날 한 번씩 보았던 자들이다.

유협검 이종. 구신창 허진. 등천사궁 황일번.

절정고수가 넷이나 있다.

한 명만 막아서도 힘들 텐데 비슷한 경지의 고수 네 명이서 진을 치고 있었다.

강비의 눈도 침중하게 굳어졌다.

'어렵다, 길이 없어.'

두 명의 검사들이 이쪽으로 검을 겨누며, 가운데는 구절창(九折槍)을 쥔 허진이 있다.

그리고 조금 떨어진 곳에서 각궁(角弓) 하나를 매고 시위를 건 황일번이 날카로운 눈을 빛내며 이쪽을 노려보고 있었다.

견고한 방벽이었다.

뚫고 나아갈 길이 보이지가 않았다.

퇴로를 원천적으로 봉쇄하고 있었다.

그때였다.

등 뒤, 따라오던 벽란의 입에서 기이한 주문이 흘러나왔다.

뭔가 술수를 펼칠 모양이다.

"강 공자! 돌파해요!"

"뭐?!"

그녀의 소맷자락에서 부적 한 장이 날아올라 제 스스로 강비의 어깨에 턱 붙었다.

날아서 붙는 광경이야 이전의 술법들을 봤으니 놀랄 것 없지만, 그녀의 호리호리한 몸 속 어디서 그 많은 부적들이 튀어나오는지, 거참 잘도 숨긴다는 생각이 들었다.

그러나 그것은 지금 일어난 일에 비하자면 놀랄 일
도 아니었다.

우우웅!

'뭐야, 이거?'

일순간 전신에서 활기차게 일어나는 힘.

소모되었던 공력이 일시에 차오르고 있었다.

등 뒤에서 흐르는 마기를 막는 공력과, 그간 벌어진
전투 때문에 소모되었던 방대한 양의 공력이 순식간에
되돌아온다.

찰나라 해도 과언이 아니다.

차오르는 걸 넘어서 포화 상태에 이르렀다 생각될
정도다.

당장 기를 소모하지 않으면 몸이 터질 것 같은 위기
감이 들었다.

"뚫어야 해요!"

무슨 수를 썼는지 모르겠지만, 이 정도라면 해볼 만
하다.

그의 전신에서 막강한 기파가 흘러나왔다.

"으아압!"

시작부터 전신전력으로 간다.

그의 철봉이 무서운 회전을 머금고, 대기 중에 퍼진 외기(外氣)가 미친 듯이 요동쳤다.

이전에 회천포를 펼칠 때와는 차원이 다르다.

얼마나 많은 기를 담아 둘 수 있을지 스스로가 무서울 정도였다.

쏟아부은 공력 때문에 일순 단전이 허해졌지만, 또다시 엄청난 속도로 공력이 차오른다.

기사(奇事) 중에 기사였다.

콰아앙!

대지를 찍는 진각, 이어지는 광룡의 회천포가 사나운 이빨을 들이밀 준비를 완벽하게 끝마쳤다.

마냥 놔둘 수 없다는 듯 빠르게 짓쳐 드는 검광(劍光)이 그의 어깨와 허벅지를 스치고 지나갔다.

촤아아악!

찬연하게 솟는 핏물.

회천포는 그 파괴력이 대단한 만큼 전개하기까지 약간의 시간이 필요하다.

빈틈이 있는데도 빤히 보고 있는 건 바보짓이다.

그러나.

주변으로 빨아들이는 기의 돌풍이 워낙에 거세어

펼쳐 낸 검격이 제 갈 길을 잃어버렸다.

원래대로였다면 강비의 팔 하나가 떨어지고 다리까지 통째로 베었어야 마땅했을 검경들이 이리저리 휘어져 얕은 자상만을 남기고 스러졌다.

그 정도로는 막강한 잠재력을 가진 회천포가 멈추지 않는다.

멈출 생각도, 멈출 힘도, 애초에 멈출 수도 없었다.

번쩍!

빛살이 터진 것 같았다.

그의 손에 들린 철봉이 이곳 영역, 전체의 기를 빨아들이며 전면을 휩쓸었다.

콰콰쾅!

휘몰아치는 경력의 여파.

무지막지한 공격력이 네 명의 고수들을 가랑잎처럼 날려 버리고, 그러고도 힘이 남아 그 뒤의 담까지 통째로 부숴 버렸다.

뒤에서 쫓아오던 반승은 본능적으로 걸음을 멈추었다.

그의 호안에 경악의 빛이 감돌았다.

보는 이로 하여금 가슴을 시리도록 만드는 무력, 인

세에서 다시 볼 수 없을 듯한 광경을 본 반승의 경악은 한계치까지 올라가고야 말았다.

'도대체 이게……?'

믿을 수 없는 광경이었다.

강비의 전면, 극한의 회전으로 인한 기의 열풍(熱風)이 경력을 따라 주변 온도를 달구고 있었다.

연기까지 피어오를 지경이었다.

정말로 화포의 포격이라도 맞은 것 같았다.

'이런 힘을……!!'

사람이 아니다.

사람이라면 이런 무공을 펼칠 수가 없다.

인간 이상의 힘, 초인(超人)이었다.

무신(武神)이라 불리어도 부족함이 없겠다.

그러나 회천포라는 희대의 무공을 펼쳐 낸 강비의 피해도 만만치가 않았다.

"쿨럭!"

절로 허리가 굽혀졌다.

입과 코에서는 선혈이 쏟아졌다.

광룡창식 회천포.

본래 강력한 공격력을 자랑하는 살초였지만 일정

이상의 수준에 이르면 스스로 기를 통제하여 자유자재로 펼칠 수 있는 무공이었다.

문제는 지나치게 많이 주입된 공력에 있었다.

지닌 내공의 구 할 이상이 철봉 하나에 다 들어찬 셈이다.

한순간 무리하게 공력을 쏟아부어서인지 내상이 만만치가 않았다.

하지만 역시나 더 놀라운 일은 무서운 속도로 차오르는 공력에 있었다.

이만한 내상, 전부 수복하고 본래의 몸으로 돌리기 위해서는 족히 이틀은 잡아먹어야 마땅했다.

한데 숨 몇 번 들이쉬니 벌써 단전에 칠 할 이상의 공력이 몰려들었다.

내상은 심했지만 움직일 힘은 충분하고도 넘친다.

그게 문제였다.

내상은 남았는데 공력은 활발하게 전신으로 치닫고 있다.

평소라면 그 공력을 집중해 빠른 치유력을 보이겠지만 지금은 그럴 상황이 아니었다.

더 무리하게 움직여야 한다.

움직일수록 내상은 심해져만 갈 것이고 소모된 공력은 다시 급속도로 차오르게 될 것이다.

악순환의 반복.

몸이 제대로 못 버틴다면 죽어 나가는 것도 순간이 될 것이다.

'어쩔 수 없어! 돌파한다!'

이곳에서 더 지체했었다가는 온갖 무인들이 다 몰려들었을 게 빤했다.

무슨 술수를 부렸는지 모르지만 벽란에게 감사해야 마땅했다.

파바방!

바닥을 차고, 넘치는 기를 이용해 허공까지 밟아 나아간다.

그와 벽란, 장천 세 명이 순식간에 용곤문의 마지막 담을 넘어섰다.

무서운 속도로 질주를 시작하는 강비.

등에는 여인을 업고 한 손에는 철봉을, 다른 한 손에는 장천의 손까지 쥐고 쏘아지는데 평소보다 배는 빠른 경공이었다.

한 줄기 바람이라 해도 과언이 아니었다.

"어딜!"

언제 여기까지 왔을까.

지닌 검기(劍技)만큼이나 뛰어난 신법을 익힌 것인지 뒤에서 중년의 검사가 따라붙었다.

마지막 장애물이라 생각했던 네 명의 절정고수 중 하나다.

낭패를 당한 몰골이었지만 그렇다고 제 기량이 준 것 같지도 않았다.

전신에서 발산하는 살기와 검기가 대단했다.

놔두면 언제까지고 쫓아올 기세였다.

'안 돼. 쳐 내고 가야 한다.'

도주에 문제가 생기겠지만 어쩔 수 없다.

이러다가는 분명 누군가가 다치게 된다.

그렇게 둘 수는 없었다.

강비가 마음을 정하고 신형을 멈추려는 찰나였다.

파바박!

"멈추지 마십시오! 그대로 달려요!"

생각지도 못했던 지원군의 등장이다.

청아한 외침에서 느껴지는 정심한 내력이 깊이를 알 수 없을 정도였다.

화산에서 불어온 한 줄기 매화향.

얽히기 전에 조용히 사라질 일이지 왜 고생을 사서 할까.

굳은 얼굴에 전투의지를 가득 세운 서악(西岳)의 대붕(大鵬)이 거대한 날개를 펼쳐 내고 있었다.

스아아아앙!

발검(拔劍)과 동시에 무지막지한 참격(斬擊)을 뿜어낸다.

한 줄기 검광(劍光)이 붕익(鵬翼)의 섬광으로 화하여 중년 검사의 측면으로 몰아쳤다.

쩌어어엉!

준비를 다 하고 붙어도 막을까 말까 한 절대강검(絶對强劍)이다.

겨우 검을 펼쳐 몸이 두 쪽 나는 건 막았지만, 그 힘까지 다 받아 낼 순 없었다.

쫓아왔던 검사가 신법의 힘까지 받아 좌측면으로 십여 장이나 튕겨 나갔다.

불시의 일격과 다를 바 없다.

치명적인 내상을 입었을 터, 골칫거리 하나가 어이없이 사라지는 순간이었다.

"이제는 떼어야 해요!"

벽란의 외침.

무슨 소린지 한 번에 알아듣겠다.

그녀의 손이 허공에서 기이한 도형(圖形)을 그려
내자, 신기하게도 강비의 어깨에 붙었던 부적이 허공
으로 불쑥 떠올랐다.

화르륵!

떠오름과 동시에 불꽃이 붙어 재가 되었다.

'됐다.'

끊임없이 유입이 되어 단전과 혈맥을 팽창시켰던
기의 흐름이 늦어졌다.

천만다행이었다.

시간이 지났으면 과도한 기압으로 인해 심맥(心脈)
까지 타격을 받을 뻔했다.

시기적절한 회수였다.

그렇다고 내상이 나아지는 건 아니었다. 다만 들끓
던 내기가 진정된 것에 불과했다. 그것만으로도 숨통
이 트이는 기분이었다.

이제는 거칠 것이 없다.

네 명의 남녀가 극속(極速)의 신법을 전개해 용곤

문의 영역에서 완전히 벗어나 버렸다. 뒤따르는 용곤
문의 무인들은 그들을 쫓을 능력이 없었다.

누구도 막아 낼 수 없었던 난마(亂麻) 속 돌파.

질주하는 한 마리의 광룡(狂龍)이 대붕(大鵬)의 날
개를 달고 요선(妖仙)의 신통력을 빌렸으며, 양손에
는 마신(魔神)의 씨앗과 잠룡(潛龍)의 알까지 품고
나아간다.

드넓은 중원 천하를 진동케 할 이름.

정중사마(正中邪魔)의 절대강자 중 일인으로서 훗
날 파천(破天)의 군신(軍神)이라 알려질 광룡왕(狂龍
王) 강비가 이곳, 절강 용곤문에서 기나긴 전설의 시
작을 알리고 있었다.

4.
돌파(突破)

"뭐라?!"

공령의 눈에 떠오른 감정은 오로지 경악뿐이었다.

"신마주가 탈취를 당했다고?!"

"그…… 렇습니다."

"어떻게……?!"

분노보다도 빠르게 치닫는 놀라움이었다.

그럴 수밖에 없었다.

신마주가 어떤 물건인지 아는 공령으로서는 놀라움 이외에 다른 감정을 보이기가 힘들었다.

신마주.

세상에 떠도는 지보(至寶) 중에서도 가히 손가락 안에 꼽히는 보물이다.

감당 못할 자가 얻는다면 혼이 먹히지만, 제대로 다룰 수 있는 자에게 돌아간다면 무상(無上)의 공능을 발휘하는, 그 자체만으로도 살아 있는 법보(法寶)인 것이다.

"누가 신마주를 탈취했단 말이냐! 설마 초혼방에서 수를 쓴 건가!"

"아닙니다."

"하면 구파의 원로들이라도 출현한 것인가?!"

"그도 아닙니다. 신마주는 이번 비무초친에 참가했던 강청진이라는 자를 필두, 총 세 명의 개입으로 탈취 당했습니다."

놀라움 위로 다시금 놀라움이 더해졌다.

신마주를 탈취 당했다는 것만으로도 기가 막힐 일이었지만 그것을 어떻게 가지고 갔느냐가 더 문제였다.

계략이나 술수가 통할 만한 물건이 아니다.

그것을 손에 쥐고도 멀쩡한 정신을 유지할 수 있는 자가 세상천지에 얼마나 될 것인가.

술가(術家)에서도 함부로 다루지 못하는 물건이었다.

당장 자신조차도 신마주를 쥐기가 힘들다.

절대적인 무력을 가지지 않은 이상, 어지간한 무인들은 다가서는 것만으로도 치명적인 물건이 아니던가.

'설마 벽란, 그대가?'

가능성이 있다.

하지만 너무나도 낮은 가능성이었다.

천재적인 술법사의 재목으로 그 어린 나이에 십대 혼주까지 오른 여걸이었지만, 당장 그녀의 능력으로는 쥐는 것조차 여의치가 않다.

무섭도록 강인한 술법을 지니고 있으나, 아직 경계를 넘지 않았기 때문이다.

'어떤 술수를 써서 가져간 것인지 모르겠지만 이건 위험해. 무슨 수를 써서라도 되찾아야 한다.'

너무 안이했다.

경계를 더욱 강화해야만 했다.

설마 신마주를 가져갈 수 있을 만한 자가 이곳에 나타나리라고는 생각지 못한 것이 실수였다.

"사태가 급박하게 되었다. 방법은 나중이야. 일단

그들을 추적해. 신마주의 마신기(魔神氣)를 쫓아라.
무슨 수를 써서라도 다시 되찾아야 한다!"

"존명(尊命)!"

*   *   *

"일단 여기서 쉬도록 하지."

용곤문의 영역에서 상당히 떨어진 야산이었다.

쌀쌀한 날씨, 옷깃을 절로 여며야 하지만 그런 걸
신경 쓸 여력은 되지 않는다.

춥더라도 쉴 때는 확실하게 쉬어야 한다.

강비의 안색은 창백했다.

내상을 입은 상황에서 무리하게 신법을 전개한 탓
도 있었지만, 그보다 마기의 침습을 막기 위해 소모된
공력이 오히려 그의 몸에 이상을 주고 있었다.

'힘들다.'

팔다리가 천근만근이었다.

그간 어떠한 전투에서도 느껴 보지 못한 피로였다.

"강 공자, 일단 그 여인을 내려놓고 쉬는 게 좋겠어
요."

"그렇지 않아도 그러려고."

"빨리 운기를 하세요. 늦으면 늦을수록 위험도는 증가해요."

"무슨 말이지?"

"신마주의 마기는 보통 마기가 아니에요. 가까이만 다가가도 혼이 깨질 만큼 짙은 농도의 마기죠. 사실 강 공자가 지금까지 이 여인을 업고 온 것만으로도 난 믿기가 어려워요."

사실이었다.

벽란은 도주하는 와중에도 강비의 근처에는 다가서 지 못했다.

넘실거리는 마기가 주변에 영향을 끼치고 있었던 탓이다.

옥인과 장천도 동의했다.

"강 공자 그러는 게 좋겠습니다."

장천의 경우 피로로 지쳐 거의 입도 달싹하지 못하 는 판국이었다.

그는 재빨리 가부좌를 틀고 앉아 운공을 시도했다.

"그전에 하나만 묻자."

"네?"

"이 여인은 깨어날 수 있는 건가?"

벽란이 고개를 끄덕였다.

"충분히요. 체내에 마기를 몰아내면서 진원지기를 활성화시키면 어려운 작업이 아니죠. 하지만 조건이 있어요."

"마기를 감당할 수 있는 자."

"맞아요. 강 공자는 어떻게 가능했는지 모르겠지만, 신마주의 마기는 실상 구파의 원로고수라 해도 쉽사리 쥘 수 없는 기물이에요. 술가에서조차 허락되지 않는 자는 아예 다가서지도 말라며 경고할 정도죠."

"넌 가능한가?"

"불가능해요. 제가 할 수 있는 최선은 이 여인의 혼이 흔들리지 않도록 붙잡아 두고, 우리가 달려온 거리에 잔존하는 마기의 흔적을 지워 내는 것뿐…… 그 이상은 능력 밖이에요."

뜻밖이었다.

그처럼 믿기 어려운 술법을 연이어 보여 준 벽란이었으니 아무리 이 요상한 구슬이라도 다룰 수 있을 줄 알았다.

한데 그것도 아니다?

"어쨌든 호법 좀 서 줘."

"네, 걱정하지 마세요."

운기요상의 시간은 길었다.

장천은 두 시진의 운기요상만으로 제법 안정이 된 듯 평안한 안색이었지만, 강비의 경우는 거의 네 시진에 달했다.

호천패왕기의 신묘한 힘으로도 쉽게 정상을 찾기 어려울 만큼 그의 상태가 나빴다는 뜻이리라.

그가 눈을 떴을 때는 추위가 한창 몰아치는 새벽이었다.

"천아, 괜찮으냐?"

"예, 하지만……."

장천의 눈이 여인에게로 향했다.

여인의 상태는 이전과 또 달랐다.

훨씬 자욱해진 마기.

품안에 든 구슬에서 뿜어지는 마기를 빠르게 흡수하는 모양새였다.

안색은 창백하면서도 그녀가 누운 곳, 주변 반 자 정도의 영역에 뜨거운 탁기(濁氣)가 넘실거렸다.

만약 벽란이 이곳에 부적을 펼쳐 외기와의 동조를

막지 않았다면 이 야산 전체가 귀산(鬼山)으로 변하는
것도 시간문제였으리라.

옥인은 고개를 저었다.

"대단한 마기입니다. 파멸적이에요. 세상에 이런
기(氣)가 버젓이 존재하고 있을 줄은 상상도 못했습니
다."

"나도 그래."

"만약 이 신마주라는 물건이 마인(魔人)들 손에 들
어간다면…… 제법 골치가 아프겠습니다."

벽란이 둘의 말을 끊었다.

"지금은 그게 중요한 게 아니에요. 이 여인의 몸에
서 마기를 몰아내는 게 먼접니다. 그 후에는 신마주의
마기가 없어도 생명력에 큰 문제가 되진 않을 거예
요."

"맞는 소리야."

천천히 걷어지는 부적들.

순간 뭉쳐 있던 마기가 살벌하게 주변을 장악했다.

잠시나마 한곳에 고여 있던 만큼, 뻗어 나가는 기세
가 상상을 초월했다.

장천의 안색이 대번에 창백해지고 옥인의 몸에서

짙푸른 기운이 어렸다.

벽란마저도 눈을 찌푸리며 두어 걸음 물러설 정도였다.

강비는 그녀의 품에서 신마주를 꺼냈다.

'뜨겁다.'

여전했다.

마치 생명을 가진 것처럼 맥동하는 마기가 느껴졌다.

장심을 통해서 들어오려 하는 마기가 소름이 끼친다.

탐욕이 극에 이른 기운이었다.

불길하고도 불길한 물건.

사람이 품을 수 있는 물건이 아니다.

그는 신마주를 저 멀리 떨어트린 후 여인을 억지로 앉혔다.

이 절색의 여인조차도 이미 마기의 덩어리라 봐야 했다.

사람에게서 느껴져야 할 마땅한 생기가 자취를 감추었다.

'어딘가에 있어. 격발을 시켜야 해.'

위험하지만 여인을 일깨울 수 있을 것 같았다.

그는 눈을 감고 여인의 등에 손을 댔다.

우우웅.

'지독하다.'

신마주도 신마주였지만, 이 여인의 상태도 무지막지했다.

기혈 곳곳으로 침투한 마기가 마치 몸의 일부인양 맴돌고 있다.

외부에서 침투해서 탁기가 솟는 게 아니라, 이미 한 몸이라고 봐야 했다.

섣불리 건드리다가는 돌이킬 수 없는 결과를 초래할 수도 있다.

두우웅.

여인의 몸이 한 차례 크게 튕겨졌다.

강비의 손을 통해 들어선 패왕진기가 들어서자마자 반응을 보인 것이다.

거칠면서도 성스러운 기운.

마기는 신기(神氣)가 들어오자 미친 듯이 요동을 쳤다.

단 한 점의 기운도 용납하지 않겠다는 듯 수천 자루

의 창날이 되어 신기를 공격한다.

마치 영성이라도 트인 것 같았다.

강비의 몸이 삽시간에 땀으로 젖었다.

'너무 거세다.'

체내로 침투했던 신마주의 마기를 몰아낼 때와는
너무나도 다르다.

그는 패왕진기를 더욱 쏟아부었다.

마기로 인해 뒤틀렸던 유장한 신기가 다시금 빛을
발한다.

영성이 트인 마기.

하나 패왕진기도 만만치 않았다.

제아무리 거칠고 격렬한 성질이 있다지만 정순함으
로 따지자면 천하에서도 수위를 다툰다.

마기와는 완전한 대립을 이루는 것이다.

얼마나 지났을까.

천천히 동이 터올 무렵이 되었을 때.

여인의 입이 저절로 벌어졌다.

스르륵.

그리도 나가지 않던 신마주의 마기가 천천히 그녀
의 입과 코를 통해 새어 나오기 시작했다.

수천 번 두드려 펴내는 철과 같이, 강비의 진기가 마침내 단단하게 굳어 버린 마기를 올올이 풀어내고야 만 것이다.

마귀들의 악다구니가 들린 것 같았다.

육안으로 보일 정도로 짙은 마기였다.

시커먼 무언가가 천천히 밖으로 나오더니 기이한 소성과 함께 산산이 흩어졌다.

이미 패왕진기로 마기의 농도가 짙어진 탓이다.

체외로 배출이 된 마기는 산 전체가 뿜어내는 자연기(自然氣)로 인해 완전히 분해가 되어 스러졌다.

벽란의 눈이 번쩍였다.

'여기서부터가 문제일 텐데.'

마기를 몰아내는 것.

힘들겠지만 강비가 애를 쓴다면 충분히 가능하다.

그걸 모를 벽란이 아니었다.

문제는 여인의 생사(生死)다.

원정(原精)의 기운까지 마기의 침습을 받았으니, 그것을 격발시켜 체내에 생명력을 활성화시켜야 한다.

그렇지 않으면 마기가 빠져나간 직후 모든 기운을 잃은 여인은 혼과 백이 분리되어 완전한 죽음에 들게 된다.

'섬세한 내공운용이 필요해. 강 공자의 신공은 지나칠 정도로 격렬하다. 결코 쉽지 않아.'

초조한 건 벽란만이 아니었다.

옥인과 장천 역시 잔뜩 긴장한 눈으로 강비와 여인을 바라보고 있었다.

여기서 자칫 잘못 건드리다가는 둘 다 무사치 못한다. 극도로 조심스러운 작업이었다.

그렇게 시간이 지나, 동쪽에서 이글거리는 태양이 모습을 드러낼 무렵이었다.

강비의 눈이 뜨이고, 일순 강렬한 신광(神光)이 뻗어 나왔다.

시커먼 동공에서는 화려한 불꽃이 튀기고 있었다.

쾅!

어디선가 북 터지는 소리가 들린 듯했다.

"우웩!"

눈을 감았던 여인이 한순간 눈살을 찌푸리며 한 사발의 피를 토했다.

검붉은 피였다.

생혈(生血)이 아닌 마기로 오염된 탁혈(濁血)이다.

여인의 얼굴이 순식간에 혈색을 되찾았다.

아직 정신을 잃고 있었지만 고른 호흡과 잠잠해진 기색을 보건대 강비의 진기도인(眞氣導引)이 성공한 것 같았다.

"후읍."

가볍게 손을 떼는 강비.

그의 얼굴이 파랗게 질려 있었다.

여인이 괜찮아지면 질수록 그가 받은 피해는 커져만 갔다.

단전에 똬리를 틀고 있는 내공을 거의 전부 소모했다.

손가락 하나 까딱할 힘이 없었다.

옥인의 표정이 밝아졌다.

"성공하셨군요!"

"그래, 죽는 줄 알았다."

엄살이 아니었다.

창칼이 뒤섞이는 싸움만이 싸움인가.

자칫 잘못해서 마기가 발작했다면 여인이나 강비 둘 모두 치명적인 상처를 입었을 것이다.

특히나 정신을 차라리 못하는 여인의 경우 반드시

라 해도 좋을 만큼 죽었을 것이다.

수많은 싸움을 벌여 왔던 강비로서도 기가 질리는 싸움이었다.

지닌 능력의 한계치를 넘겼다.

당장이라도 드러눕고 싶었다.

"천이는 옥인과 함께 주변을 살펴. 추격자가 붙었을 거야. 이 일대에 흔적이 보이면 모두 지워 내는 게 좋아."

"알겠습니다."

시시콜콜 많은 이야기를 나눌 때가 아니었다.

두 사람은 재빨리 신법을 펼쳐 산 아래로 내달렸다.

"벽란."

"네."

"용곤문에는 술법사들도 있다고 했어. 은신부나 이전에 사용했던 그 술법들을 보고 술법에 흔적이 남는다고 했지. 그렇다면 놈들이 그 흔적을 보고 여기까지 쫓아올 가능성은 얼마나 되지?"

벽란의 얼굴에는 드물게 자신감이 드러났다.

"분명히 그럴 수 있죠. 용곤문 안에서라면요."

"무슨 뜻이지?"

"이곳까지 도주하면서 몇 번 부적을 날렸어요. 잔존하는 마기와 술력(術力)을 완벽하게 지워 내는 술수죠. 삼 일 정도는 술법사들의 움직임에 혼란을 줄 수있을 거예요."

별게 다 가능하다.

"당신, 제법 여러 가지 술법을 구사하더군. 술법에 문외한인 내가 봐도 보통 술수가 아니라는 걸 알겠어. 몸은 괜찮은가?"

벽란의 표정에 놀라움이 서렸다.

눈은 여전히 감고 있었지만, 확연하다 싶을 정도로 드러난 감정이었다.

"강 공자가 저를 걱정해 주시네요?"

"어쨌든 함께 움직이고 있잖아. 몸 상태에 이상이 왔다면 발목이 잡힐 수도 있어. 그걸 우려함이다."

"부적술에 일환일 뿐이에요. 기의 소모는 크지만 타인의 영기(靈氣)과 합일화를 이루는 동조술법보다 훨씬 안전하죠."

"그렇다면 다행이군."

"당장에 큰 위협은 없을 거예요. 짧게나마 체력을 회복하시는 게 좋을 거예요."

"그래, 호법 좀 부탁해."

강비는 가부좌를 틀고 다시 운공에 빠졌다.

짧은 시간, 지나치게 격렬한 싸움이 많았다.

기를 극한까지 소모하고 다시 채우기를 몇 번 반복했나.

아무리 상승의 영역에 이른 강비라 할지라도 진이 다 빠질 지경이었다.

단전에서 일어난 미약한 진기가 천천히 체내를 돌았다.

'제길.'

생각보다 상태가 좋지 못했다.

내상을 입은 상황에서 너무 무리했다.

특히나 이름 모를 여인의 마기를 몰아낸 것이 컸다.

호천패왕진기의 신묘함을 믿지만 지금의 몸은 거의 최악이라 해도 과언이 아니다.

꿈틀.

진기는 활성화가 되었지만 생각보다 회복이 더디다.

내상도 내상이지만 마기와 싸우면서 손상 받은 혈도 곳곳에서 짙은 탁기가 잔존하고 있다.

그것이 운공 자체를 방해하고 있었던 것이다.

이 상태로 가다가는 열흘이 지나도 본래 기량의 절반조차 채우지 못할 것 같았다.

울컥.

설상가상이랄까.

조금씩 탁기를 걷어 내는 과정에서 패왕진기가 제멋대로 튀었다.

섬세한 운용이 불가능하다.

격렬한 진기가 탁기를 몰아내면서 혈도까지 거칠게 자극해 버렸다.

집중력의 저하였다.

마기로 인해 피해를 받은 것은 육체만이 아니다.

마기 그 자체와 싸웠던 정신력, 그의 정신도 지나치게 피폐해져 있었던 것이다.

'크윽.'

미칠 듯한 고통이었다.

온몸에 뻗은 예민한 신경들이 칼로 후벼지는 느낌, 절로 신음이 흘러나왔다.

'이대로는 안 돼. 무슨 수를 쓰지 않는다면…….'

벌써 운공을 행한 지 반 시진이 지났다.

그럼에도 소모되었던 공력이 차오를 생각조차 하지

않는다.

차오르기는커녕 오히려 흩어지려 한다.

암담함이 앞섰다.

'집중하자. 나는 할 수 있어.'

애써 집중하려 했지만, 심신의 피로가 극에 달한 상황이다. 마음먹는다고 잘될 리가 없었다.

점점 그의 안색이 창백해졌다.

강비의 얼굴을 보는 벽란의 얼굴도 심각하게 굳어졌다.

'운공이 잘 안 되고 있어. 불안정한 기도야.'

상단전을 누구보다 깊게 연마한 그녀였다.

비록 눈을 감고 있다지만 흐르는 기의 움직임과 요동치는 기파만으로도 강비의 상황이 빤히 보였다.

그렇다고 도움을 줄 수도 없었다.

용곤문을 돌파할 때 사용했던 환신부(煥神符)를 이용, 대자연의 기를 억지로 불어넣어 공력의 증폭을 도울 수도 있겠지만 그것도 어느 정도까지다.

이토록 심한 내상에 심신이 불안정한 상황에서 환신부를 사용하면 자칫 파탄이 드러날 수도 있다.

섣불리 행하다가는 오히려 강비를 죽음으로 모는

꼴이 될 수도 있는 것이다.

게다가 지금의 벽란으로서는 환신부를 펼치기도 힘들다.

여타 부적술과는 달리 강제로 기를 집중시켜 증폭시키는 환신부의 경우 술사인 벽란의 집중도와 끊임없는 기의 소모가 필요하다.

옥인과 장천마저 없는 이런 위급한 순간에 마지막 병력이라 할 수 있는 벽란으로서는 쓰고 싶어도 쓸 수가 없는 상황인 것이다.

그저 지켜보는 수밖에 달리 방도가 없다.

강비의 몸이 땀으로 푹 젖었다.

'제기랄, 집중해!'

꿈틀대는 패왕진기는 여전히 미약하기만 했다.

뻗어 나가는 줄기는 많았지만 그 힘이 약하여 도통 운공이 제대로 되질 않는다.

암담함이 눈앞을 스치는 순간이었다.

홀연히 일어난 한 줄기 패왕진기가 곧바로 중단을 치고 들어갔다.

너무나도 빠른 속도였기에 깨달았을 때는 이미 가슴께까지 파고든 상황이다.

'거긴 안 돼!'

호천패왕진기가 향하는 곳.

다름 아닌 거대한 진기의 덩어리였다.

과거 스승이 돌아가시기 전, 곤륜의 성약과 화산의 연단법을 혼합하여 만든 일세의 영약으로 혼수상태에서 복용한 바가 있었던 기(氣)의 결정체.

상승의 영역조차 뛰어넘는 초절한 경지가 아니라면 감히 건드리지도 말라고 했던 스승의 당부가 떠올랐다.

자칫 잘못 건드리면 응집되어 있던 기가 터져 폭사할 수도 있다고 했다.

지금까지 수많은 죽음의 위협을 느꼈음에도 단 한 번 건드리지 않았던 비역(秘域)이다.

그곳으로 패왕진기가 거칠게 솟아난 것이다.

급박한 순간이었다.

'죽는다, 이러다가는!'

투우웅.

강비의 몸이 한 차례 크게 튕겨졌다.

뾰족하게 솟은 기가 기의 단(丹)을 뚫어 버린 것이다.

'크윽!'

엄청난 통증이 뒷골을 때렸다.

감히 상상조차 하지 못했던 통증이었다.

한 번의 충격으로 전신이 마비가 될 것 같은 통증, 정신이 아득해질 정도다.

투우웅.

두 번째 충격.

입에서 피가 울컥 쏟아졌다.

그리고 충격을 받은 곳에서부터 아지랑이처럼 흘러 나오는 청량한 기가 있었다.

단단하게 뭉쳤던 거대한 진기의 구(球)에 미세한 금이 간 것이다.

너무나도 성스럽고 깨끗한 기.

그래서 더 무서운 상황이었다.

강비 스스로가 가진 단전의 기보다 훨씬 농도가 짙고 깨끗하다.

그 말인 즉, 이 진기의 구가 활동을 시작하면 지금의 몸으로는 촌각조차 버틸 수 없다는 뜻이기도 했다.

농도가 짙은 기가 흘러나오면, 짧은 시간 내에 몸이 팽창하고 이내 터질 것이다.

'죽음!'

근래에 몇 번이나 느껴왔던 죽음의 숨결이었다.

지금은 또 달랐다. 스승께서 제자의 성장을 위해 남겨 두었던 보물이 목숨을 빼앗는 마귀가 되어 찾아온 것, 받아들이는 느낌부터가 다른 것이다.

투우웅.

세 번째 충격.

강비의 몸이 붉어졌다 창백해지기를 반복했다. 전신에 피가 미친 듯이 돌아가고 있었다.

'죽는다…….'

그때였다.

스멀스멀 흘러나오던 순정한 기운이 중단에서부터 천천히, 천천히 온몸으로 퍼졌다.

마치 깨끗한 물 위에 한 방울의 먹물이 떨어진 것처럼, 청백색의 진기가 전신을 물들이고 있는 듯했다.

놀랍게도, 단번에 터질 것만 같았던 진기의 덩어리는 더 이상의 기를 방출해 내지 않았다.

다만 지금까지 새어나오던 기가 빠른 속도로 전신의 기혈에 침투하여 탁기를 외부로 몰아내기 시작했다.

'이건?'

마기로 인해 자극이 받은 진기의 구.

지금까지의 자극과는 차원이 다르다.

완벽한 대립을 이루는 마기의 침습에 강비의 중단에 머무르던 진기의 덩어리는 자연스레 각을 세우며 일어선 것이다.

그것도 그냥 마기가 아니라 신마주의 마기였다.

세상 어떠한 마기보다도 짙고 무겁다는 마신기는 평범한 사람이라면 다가가기만 해도 죽을 위험이 넘치도록 충분한 것이었다.

계속해서 침습을 받았다면 모르되, 실제 강비가 신마주를 쥐었던 적은 두 번뿐이다.

그 두 번의 강렬한 자극만으로 진기의 덩어리가 깨어났던 것이다.

위기의 순간에 맞이한 기연(奇緣)이었다.

퍼지는 청백의 기운은 전신 혈도 곳곳에 틀어박혀 탁기를 유발한 모든 것들을 외부로 쫓아내 버렸다.

동시에 전신을 이리저리 휘돌며 혈도와 심맥, 근골과 세맥으로 숨어들어 강건함을 살렸다.

강비의 표정이 빠르게 안정을 찾았다.

이전보다 훨씬 편안해진 얼굴이다.

청백의 기가 남긴 도움은 그것이 끝이 아니었다.

상중하, 세 단전에 미묘하게 남아 있던 최후의 마기까지 씻어 내니 잃었던 집중력이 돌아오고 단전을 활성화시켜 빠른 속도로 공력을 응집한다.

비록 내상을 대번에 낫게 할 만한 기사(奇事)를 벌이진 못했으나, 며칠 만에 정상으로 돌아오게 할 수 있을 법한 기반은 확실하게 닦아 준 셈이었다.

강비가 눈을 뜬 것은 그로부터 한 시진 후였다.

천천히 호흡을 고르며 일어선 강비.

여전히 창백한 얼굴이었지만 흐르는 기도가 안정적이고 담담했다.

은연중에 발산되는 기파는 오히려 이전보다 더 진중해진 것 같았다.

"괜찮으신가요?"

"그래, 옥인과 천아는?"

"아직 오지 않았어요."

"그렇군."

"그런데……."

"음?"

무엇을 본 것인가.

벽란의 얼굴에 남은 경악의 빛, 놀라움 이상의 경이로움이 자리를 잡는다.

"강 공자의 몸에 무엇이 들어선 것이죠?"

"무슨 말이야?"

"거대한, 너무나도 거대한 기가 단단하게 뭉쳐 있어요. 전설에나 나올 법한 영물의 내단이라도 취한 건가요?"

내단(內丹).

그녀가 무슨 말을 하는지 이제야 알아차렸다.

그래서 강비는 더 놀랄 수밖에 없었다.

"그걸 당신이 어떻게 알지?"

"보이니까요."

"보여?"

"네, 보여요. 이전까지는 볼 수 없었지만, 운기를 하던 와중 살짝 드러난 일부의 힘을 보았죠. 엄청났어요. 지금까지 보았던 많은 무인들과, 수많은 술사들에게서조차 찾아볼 수 없었던 거대한 무언가가 응집해 있었죠."

확실히 술사라는 족속들은 일반 무인들과 다른 모

양이다.

볼 수 없는 것을 보며, 할 수 없는 일들을 해낸다.

같은 인간임에도 또한 다른 세상에 사는 자들이라는 느낌이 들었다.

강비는 더 이상 그에 대해 언급하지 않았다. 활력이 돌아왔다지만 지금은 더 중요한 일이 있었기 때문이다.

"이 신마주라는 구슬은 어떻게 할까."

여인의 몸에서 마기를 몰아냈기 때문일까.

여전히 살벌한 마기를 띄고 있었지만 이전처럼 술술 새어 나오고 있지는 않았다.

훨씬 단단하고 옹골차진 느낌이다.

기감이 둔한 사람이라면 그저 불길한 구슬이라고 착각할 만큼의 마기만을 흘리고 있었다.

벽란이 고개를 저었다.

"이미 여인과의 마기 소통이 강제적으로 끊어졌어요. 이전처럼 활발하게 일어나지 않은 봉쇄(封鎖)의 상태예요. 며칠 품에 넣고 다닌다 해도 별문제는 없을 거예요."

"다행이군."

"다만 저에게는 불가능해요. 강 공자가 계속 쥐고 있는 것이 좋겠어요."

"불가능하다니?"

벽란이 다소 곤혹스러운 표정을 지었다.

"제가 저 구슬을 가지고 있으면…… 제가 제 스스로에게 건 술법이 풀려 버릴 가능성도 배제할 수 없거든요."

스스로에게 술법을 걸었다?

믿기 어려운 이야기지만 또한 이해하지 못할 것도 없다는 심정이었다.

강비에게 있어서 술사란 여전히 영역 바깥의 사람이었던 까닭이다.

"이만 옥인과 천아가 돌아와야 할 텐데."

시기적절하달까.

저 멀리서 익숙한 두 줄기의 기운이 다가오고 있었다.

화산의 대붕과 암천의 잠룡이었다.

순식간에 신법을 전개해서 돌아온다.

"외부의 흔적은?"

"다행히도 없었습니다. 아직까지는 쫓아오는 기미

도 없고요."

"좋아. 이대로 산을 내려가 관도로 이동한다."

"위험하지 않을까요?"

"이동할 수 있을 때 최대한 이동하는 게 좋아. 게다가 이쪽 산길은 가파르다. 내공이 탄탄해도 최대한 체력을 줄이는 게 좋겠지."

"알겠습니다."

그렇게 관도로 향하는 일행이었다.

강비도 입은 내상을 제대로 치유하진 못했으나 충분히 움직일 수 있을 정도였고 장천 역시 마찬가지였다.

그러나 체력적인 문제가 있어 이름 모를 여인은 옥인이 업어야만 했다.

"그나저나 저 여인. 이제야 누군지 짐작이 가는군."

"형님도 눈치채셨나요?"

"그래, 아마도 오강명이 양녀로 들였다는 그 처자겠지."

"맞습니다. 절강 문씨상가의 외동딸, 문채소(汶彩笑)겠죠."

"왜 이 여자가 제단 위에 누워 마기를 흡수하고 있

었을까. 그건 감이 오질 않는군."

"그건 제가 말해 드릴 수 있을 것 같군요."

벽란이 끼어들었다.

"이 여인의 체질 때문이겠죠."

"체질?"

"세상에는 허약하게 태어나는 사람도 있고, 선천적으로 건강하게 태어나는 사람도 있어요. 근골이 잘 발달해서 무예를 익히기에 좋은 체격을 갖춘 사람이 있는 반면, 상단전이 고르고 넓어 술법을 익히기에 맞춤인 사람도 있는 거예요."

그녀의 얼굴이 옥인이 업은 여인에게로 돌아갔다.

눈을 감고 다니는 그녀였지만, 매번 눈을 뜨고 있다는 착각이 들 만큼 그녀의 행동은 자연스러웠다.

"이 여인도 그래요. 경우를 따지자면 안타까운 경우겠죠."

"안타깝다?"

"그래요. 상단전이 상당히 넓어 어렸을 때부터 제대로 수행을 쌓았다면 술사로서의 재능을 꽃피웠을 수도 있겠죠. 아니면 글을 배워 출중한 문인(文人)이 되었을 가능성도 있어요. 그러나 불행히도 그녀의 육신은 천하에 많지 않은 마체(魔體)가 되었어요."

마체.

어감이 좋지 않다.

"마체라니?"

"근골이 좋아 무예를 익히기 탁월한 무골이 있다지만, 내공을 보다 빨리 쌓을 수 있는 체질이라는 건 사실상 없어요. 사람마다 차이가 있다지만 그렇다고 압도적인 차이가 나는 것이 아니죠. 하지만 마기(魔氣)라면 이야기가 달라요."

마기라는 말에 강비는 절로 눈살을 찌푸렸다.

덕분에 스승께서 남겨 주신 진기의 내단을 두들길 수 있었지만 마기에 침습을 받아 고생한 걸 생각하면 아직까지도 치가 다 떨릴 지경이었다.

"마기라는 것은 결국 역천(逆天)의 산물이죠. 순리(順理)의 자연기와는 완전한 대립을 이룬다고 보면 돼요. 세상에 존재해서는 안 될 기운이지만 또한 음양(陰陽), 밝음이 있으면 어두움이 있듯 마기 역시 버젓이 존재하는 기운이기도 해요."

"그게 왜……?"

"순리, 순천, 자연은 흐름이죠. 반면 마기는 역천,

역순. 고이기 마련이에요. 유장하게 흐르는 대자연의
순후한 기는 잔잔하게 일어나 천지로 뻗어 나가지만
마기는 그렇지 않죠. 한번 뒤틀리고 고이게 되면 끝이
없는 무저갱으로 파고들어요. 기반만 제대로 갖추어진
다면 급속도로 빨려 들어갈 수 있죠."

그것만으로는 이해하기가 쉽지 않다.

설명이 부족했다.

그러나 옥인은 탄성을 질렀다.

무언가를 깨달은 모양이다.

"귀기(鬼氣). 신(神)……."

"맞아요. 이 여인, 상단전이 크고 방대하도록 태어
났지만 어릴 적 어떤 사건이 있었는지 제대로 관리가
이루어지지 않았어요. 혹은 누군가가 일부러 틔웠을
수도 있겠죠. 제대로 연마하지 않은 상단전은 귀신에
게 더할 나위 없는 매혹이에요. 하물며 이토록 보기
드문 상단전을 지닌 사람이라면 말할 것도 없겠죠. 흔
히들 귀신이 들렸다고들 해요. 제정신을 차리지 못한
지 적어도 삼 년은 되었을 겁니다. 신이 들려 귀기를
품었으니 인간의 육신에 마기를 담기에는 이만한 그릇
이 또 없죠. 만약 사흘만 늦었어도 전신에 마기가 퍼

져 돌이킬 수 없는 상태가 되었을 거예요."

이제야 조금이나마 이해가 갔다.

장천의 이맛살이 찌푸려졌다.

"삼 년…… 삼 년이라. 공교롭군요, 형님."

"그래."

"오강명이 자취를 감춘 것도 삼 년 전. 삼 년 후, 개파를 한 용곤문. 거기에 양녀로 들인 문채소. 거기에 문채소는 무서운 기관 속에서 마기를 담는 그릇으로 화하였다. 어쩐지 이야기가 더럽게 돌아가는데요?"

"뭔가가 있긴 있어."

게다가 벽란은 사흘 후를 이야기했다.

사흘만 지났다면 손을 써 보지 못했을 것이다.

사흘이라는 시간이 무엇을 의미하는가.

'비무초친의 종료.'

비무초친이 끝나고 우승자가 가려지는 날.

"이봐. 그렇다면 이 여자는 사흘 뒤에 어떻게 변하는 거지? 애초에 왜 마기를 담았던 거야?"

"그것까지는 정확하게 알 수 없어요. 하지만 추측은 가능하죠."

"추측……."

벽란은 조금 주저했다.

뭔가 말 못할 이야기를 꺼내려는 듯 다소 긴장한 기색이었다.

"사람에게 방대한 양의 마기를 담았을 경우는 술가(術家)에서 몇 가지의 목적이 있다는 뜻이에요."

"어떤 목적인데?"

"첫째로는 마기의 흡수죠."

"마기의 흡수?"

"그래요. 신마주의 마기는 아무리 대단한 무인이라도 멀쩡한 정신으로 받아 낼 수 없는 마기예요. 반선지경(半仙之境)에 든 무인이나 상단전을 광대하게 연마한 술사가 아니라면 불가능하죠. 하지만 이 여인처럼 사람에게 마기를 담으면 달라져요. 그릇에 담긴 짙은 마기는 한 차례 안정적으로 변환되죠. 일종의 매개체라고 보면 돼요."

"매개체라."

"안정적으로 변한 신마주의 마기는 마공(魔功)을 익힌 마인이나 요마술(妖魔術)에 능한 술사에게는 지고의 보물이라 할 수 있어요."

안정적인 마기를 흡수하여 본인의 능력을 높인다는 뜻이었다.

장천과 옥인의 얼굴에 분노의 기색이 떠올랐다.

사람을 한낱 그릇에 담긴 영약 따위로 보는 것.

본신의 능력을 높이기 위해서 한 사람의 인생을 나락으로 떨어트리는 행위다.

천벌을 받아 마땅한 일이 아니던가.

강비가 다시 입을 열었다.

"두 번째는?"

"강신(降神)이죠."

"강신이라 함은, 신의 힘을 빌린다는 건가?"

"그렇다고 생각하시면 편하죠. 이 또한 첫째 경우처럼, 사람을 마기의 그릇으로 보는 거나 다름이 없어요. 첫째가 마기의 흡수를 통한 본신 기량의 향상에 뜻을 두었다면 강신의 술은 일시적이지만, 유례를 찾아보기 힘든 대란(大亂)의 힘을 발산할 수 있다는 점이 달라요. 상상을 초월하는 재해(災害)라고 할까요? 수신(水神) 공공(共工)의 힘을 강신한다면 광범위 지역에 엄청난 폭우와 홍수를 일으킬 수 있고, 화신(火神) 축융(祝融)의 힘을 빌리면 삽시간에 주변을 열화

지옥(熱火地獄)으로 만들 수 있어요. 물론, 그릇에 담긴 마기의 농도와 크기에 따라 다르지만요."

"첫째나 둘째나, 결국 마기를 빼앗긴 매개체의 운명은 그다지 좋게 흐를 것 같지가 않군."

"맞아요. 전신의 마기화(魔氣化)가 완성되면, 이미 생명의 근원이라 할 수 있는 원정까지 마기가 침습을 받아요. 마기를 빼앗기면 애초에 살아남을 수도 없지만, 혹시 살아도 인간처럼은 못 살겠죠."

옥인의 표정은 거의 폭발 직전의 화산과도 같았다.

눈앞에 마인들이 있다면 불문곡직하고 단번에 두 조각을 내버릴 것 같은 검기가 치솟고 있었다.

그만큼 화가 났다는 뜻이리라.

"그렇다면 세 번째는?"

"세 번째는……."

한 번 침을 삼키는 그녀.

"강시화(彊屍化)예요."

강시.

일동 모두의 얼굴이 굳어졌다.

마기를 흡수하여 마공의 기량을 향상시킨다든지, 강신의 술수를 쓴다는 것도 천인공노할 만행이었지만,

이 강시라는 단어가 주는 어감은 특별할 수밖에 없었다.

"강시······."

"그저 몸이 딱딱하고 시체처럼 푸르죽죽한 피부를 생각하신다면, 전혀 다르다고 할 수 있겠죠. 만약 전신의 마기화가 된 그릇이 강시가 되면, 그 강시는 상상을 초월하는 절대적인 생체병기가 된다고 할 수 있어요."

"어떻게?"

"저도 문헌에서 본 것이 전부예요. 실제로 본 적이 없어요. 하지만 확실할 거예요. 마기, 그것도 신마주 정도의 마신기를 담은 자가 강시로 화하게 되면 술가(術家)에서는 그 강시를 살아 있는 재앙이라 하여 앙신귀장(殃神鬼將)이라 칭해요. 앙신귀장의 힘은 가히 파천(破天)에 이르러, 도검(刀劍)과 수화(水火)가 불침(不侵)하고, 만독(萬毒)이 소용없으며, 불문(佛門)과 도문(道門)의 경전도 힘을 잃는다 하죠. 게다가 사람처럼 사고(思考)하고 행동해요. 말 그대로 자아를 가진 강시라 볼 수 있어요. 더불어 어떠한 마공이학(魔功異學)도 조금의 어려움 없이 익히니, 가히 인간의 손으로 만들어 낸 마왕(魔王)과 같다고 문헌에는 적혀 있어요. 다만 시전자의 명에 절대복종해서 앙신 귀장을 손에 넣은 자, 천하를 뒤집을 수 있다고 전해지죠."

뭔가 엄청난 수식어가 난무하는 이야기였다.

그리고 그 수식어만큼이나 진지하고 심각하기 짝이 없는 이야기이기도 했다.

조금만 늦었어도 옥인의 등에 업힌 문채소라는 여인은 벽란이 말한 세 가지의 갈림길 중 한 곳을 강제적으로 걸었어야 했을 것이다.

물론 어느 길을 가도 평안은 없다.

차라리 죽는다면 안식이라도 얻을까.

그러고도 산다면 죽음보다도 못한 삶이 되었으리라.

그 동혈에서 여인을 구한 것은 천만다행한 일이었다.

"천아, 가까운 현에서 비선망과 접촉해야겠다. 만약 비선이 오면 여인의 신병을 넘겨서 루주에게 직접 보내. 서신도 동봉하는 게 좋겠다."

"그러는 게 좋겠죠."

그렇게 얼마나 걸었을까.

저 멀리, 현이 보이고 있었다.

유동인구가 제법 되는지 이 먼 거리에서도 사람들이 움직이는 게 죄다 보일 정도였다.

하지만 언제나 사람은 원하는 일만 하고 살 수는 없는 법이다.

앞에 현이 있음에도, 그들은 섣불리 그곳에 들어설 생각을 할 수 없었다.

가장 먼저 벽란의 표정이 굳어졌다.

"이건……?!"

무엇을 느꼈을까.

뒤이어 강비와 옥인의 표정도 일변했다.

"제길!"

조금만 더 고생하면 따뜻한 밥에 휴식다운 휴식을 취할 수도 있을 텐데.

역시나 적은 기다려 주는 법이 없었다.

이곳 관도를 향해 쏟아지는 적의(敵意)가 있었다.

도대체 언제, 어디서 한순간 나타난 것인지 해일처럼 밀려드는 광기의 기운은 주변 공기를 급속도로 달구고 있었다.

"도대체 언제!"

느낄 새도 없었다.

위험을 감지하지도 못했다.

벽란이 입술을 깨물었다.

"통영무신(通影無身)의 술(術)이에요! 저쪽 술사들이 대거 동원되어 술력으로 모든 기척을 지운 채 이동한 거예요!"

실착이었다.

벽란이 은신부를 사용했던 바가 있었고 신마주, 마기의 흔적도 지웠다고 했었으니 저쪽에서도 충분히 그럴 수 있다는 가능성을 열어 놓았어야 했다.

그것을 간과한 것은 크나큰 실수라 아니 말할 수 없다.

순간적으로 급박하게 돌아가는 상황이었다.

강비가 입술을 깨물었다.

"별 수 없겠지. 천아!"

"네, 형님."

"이 여인을 데리고 먼저 가라."

두 남자의 눈이 허공에서 얽혔다.

서로 하고 싶은 말이 많았지만 지금은 그럴 때가 아니었다.

합리적인 사고방식이 필요할 때다.

언쟁을 할 시간도 아까운 것이다.

"형님, 꼭 무사히 돌아오십시오. 기다리고 있겠습니다."

"걱정 마라. 너보다 오래 살 거다."

퉁명스러운 농담이었다.

그러나 정작 농담을 입에 담은 강비의 눈은 진지함으로 가득하다.

"옥인, 도움을 청해도 되겠나?"

"얼마든지요. 사내대장부가 목숨의 은(恩)을 입었는데 갚지 않으면 도리가 아니지요."

호기가 충천하는 검사의 어조였다.

강비가 피식 웃고는 고개로 장천을 가리켰다.

"그럼 저 녀석과 함께 가 줘."

"예?"

이런 부탁이 나올 줄은 상상도 못했다는 듯, 검에 손을 쥔 옥인의 표정이 당혹스러워졌다.

"천아는 지금 몸이 정상이 아니야. 무인들뿐이라면 모르겠지만 저쪽에는 술사들도 붙었어. 혼자 보내기에는 아무래도 불안하군. 네가 천아와 함께 가 줬으면

한다."

"아닙니다! 제가 막죠! 두 분이서 가십시오!"

"너는 굳이 끼어도 되지 않을 일에 끼었어. 게다가 이건 나와 천아의 일이다. 지금까지의 도움만으로도 충분히 과했어. 이곳까지 맡길 수는 없다."

"하, 하지만 강 공자는?!"

"웃기고 있군. 하수 주제에 고수를 걱정하는 게 아니야."

이토록 편안하게 웃으면서 농담을 하는 강비를 처음 보는 옥인이었다.

이런 순간에서 나오는 농담이기에, 차마 그러지 말라는 말을 할 수가 없었다.

"부탁한다."

옥인이 눈을 꾹 감았다.

검집을 잡는 옥인의 손.

순간 뜨인 그의 눈에서 시퍼런 검광(劍光)이 흐른다.

"장 소협의 안전이 확실시 되면, 다시 도우러 오겠습니다."

"어서 가!"

파바박!

벼락처럼 쏘아지는 두 남자와 한 여자.

남은 것은 강비와 벽란이었다.

"다가오는 적들, 술사는 몇이나 되지? 내 감각에는 제대로 걸리지 않아."

"대략 여섯에서 일곱 정도예요."

"막을 수 있겠나?"

다른 말은 필요가 없었다. 벽란의 입가에 살짝 미소가 드리워졌다.

"걱정하지 마세요."

"좋아."

그것으로 되었다.

강비의 몸에서 일순 찬연한 기파가 흘렀다.

현으로 가는 세 사람의 시선을 뺏어 자신에게 집중시키려는 의도였다.

막강한 기파를 느꼈음인가.

쏟아지던 적의가 강비 쪽으로 집중되었다.

박살 내고 가겠다는 의지가 한가득이었다.

"온다!"

저 멀리서 흙먼지가 피어올랐다.

격전의 서막을 알리는 먼지구름.

순식간에 짓쳐 드는 무인들이었다.

"많이도 몰려왔군."

거의 오십에 가까운 숫자였다.

앞서거니 뒤서거니 하며 빠른 속도로 달려오는데 하나같이 안정적인 신법(身法)을 구사하는 자들이었다.

각기 허리춤에는 철제 곤봉을 매었다.

용곤문, 그것도 개파식 때 충분한 소개와 무력을 뽐냈던 정예 중 정예, 철산대(鐵山隊)였다.

파바바박!

다소 좁은 관도.

몰려드는 오십의 무사들 사이로.

안개처럼 흩어지며 최후방에 있는 술사를 향해 벽란이 나아가고.

섬광과도 같은 눈을 빛내며, 강비가 달려들었다.

*   *   *

콰직!

"크아악!"

절묘한 하단 공세로 선두의 무인 무릎을 박살 내 버린 강비가 틈을 비집고 파고들었다.

터어엉!

엄청난 탄력으로 들어가는 보법이었다.

한 걸음을 떼었다 싶은 순간 적의 본진까지 들어선다.

놀란 무인들.

제각기 철곤을 꺼내어 강비를 향해 휘두르는데 살벌한 경력이 한가득이었다.

제아무리 고수라도 이 철곤들을 전부 허용하면 전신의 뼈가 죄다 으스러질 것이다.

쩌저정! 따아아아앙!

철과 철의 부딪침.

병장기의 파열음이 대단했다.

손에 쥔 철봉을 한 바퀴 휘두르는데 쏟아지는 모든 공세를 완전하게 방어한다.

튕겨 나가는 철곤들.

강비가 왔던 길로 재차 들어서며 번개처럼 출수했다.

퍼버벅!

비명조차 지르지 못한 채 쓰러지는 무인이 셋이었다.

하나같이 목을 잡고 쓰러진다.

봉첨으로 천돌혈을 정확하게 가격 당했으니 다시 일어서지 못할 것이다.

난마처럼 뒤엉키는 무인들 가운데.

마치 강을 거스르는 한 마리의 물고기처럼 부드러운 발걸음으로 모든 공격을 피해 낸다.

그 많은 철곤들이 비 오듯 쏟아짐에도 단 한 번의 공격을 허용치 않는다.

신기(神技)에 이른 몸놀림이었다.

퍼억!

한 번 휘둘러 한 명의 목숨을 취한다.

아무렇게나 휘두르는 철봉에 이름을 알 수 없는 무인의 관자놀이가 걸렸다.

콰직!

대번에 터져 나가는 머리통.

끔찍하다는 생각이 절로 들 만한 공격이었지만 워낙 급박하다 보니 느낄 새도 없었다.

바닥을 박찬 강비가 무인 하나의 어깨를 밟았다.

콰드득!

"커헉!"

디딤대로 사용했다지만, 디딤대가 된 무인의 어깨는 성치 못했다.

어깨는 물론 쇄골에 갈비뼈까지 일직선으로 으스러졌다.

힘을 받아 앞으로 튕겨 나간 강비.

착지한 후 철봉으로 철산대를 겨눈다.

후우웅.

호천패왕기를 머금은 철봉이 가볍게 요동친다.

한 번 휘젓고 빠져나오는 데에 걸린 시간은 촌각에 불과했다.

그 짧은 새에 거의 열다섯에 이르는 무인들이 전투 불능 상황에 빠졌다.

압도적이라는 말이 떠오를 만한 전투.

철산대의 무인들, 결코 하수가 아니다.

강호 어느 곳을 간다 한들 제대로 단련한 무인이란 소리를 듣기에 충분하고도 남는다.

그러나 상대가 나빴다.

강비, 비록 몸 상태가 정상이 아니라 하나, 이미 상

승의 영역조차 초월하기 시작한 고수다.

오십이 아니라 백 명이 와도 강비를 당해 낼 순 없다.

그야말로 일당백(一當百)이 따로 없었다.

마주선 철산대 무인들의 얼굴에 질린 기색이 떠올랐다.

"물러서라!"

거친 일갈과 함께 중간에서 나타나는 자.

강비의 눈이 반짝였다.

거칠 것이 없다는 듯 나타난 두 사람이다.

웅장하게 퍼지는 기파가 강렬하기 짝이 없다.

절정고수, 철산대의 무인들과는 수준이 다른 고수가 출현한 것이다.

심지어 한 명은 안면도 있는 사이였다.

"네놈."

산중대왕의 호안(虎眼)을 지닌 자.

커다란 덩치에 걸맞은 거도를 등 뒤에 걸었다.

'호왕도 반승이라 했나.'

추운 날씨임에도 소매가 다 드러나는 무복을 입었다.

꿈틀거리는 팔근육이 역동적으로 보인다.

"이렇게 또 보는군."

우렁우렁하게 퍼지는 목소리가 놀랍도록 컸다.

"그렇군."

"다른 말 않겠다. 빼돌린 여자를 내놓아라."

강비가 피식 웃었다.

"싫다."

"이놈! 정녕 죽고 싶은 것이냐!"

"살기까지 일으키며 부딪친 사이다. 내 손에 죽은 자들만 몇인데 죽음을 운운해? 그럼 애초에 안 죽일 생각이었나?"

맞는 말이었다.

반승의 얼굴이 붉어졌다.

"고통스럽게는 죽지 않겠지."

"그런 말은 하수가 고수에게나 쓰는 거야. 실력도 안 되는 주제에 나서지 말고 구석에 처박혀 있어. 고통스럽게 죽고 싶지 않으면."

되로 주고 말로 받았다.

성질을 있는 대로 건드리는 도발이었다.

특유의 나른함과 독설이 함께 하니, 반승의 이마에

핏줄이 섰다.

"대장부가 되어 여인을 납치하고도 그토록 당당하다니! 네놈이 마두(魔頭)가 아니고 무엇이냐! 사내라면 부끄러운 줄 알아라!"

"닥쳐!"

우우우웅!

엄청난 내공이었다.

한 번 소리를 지르자 주변 공기가 미친 듯이 요동치고 있었다.

내공이 약한 철산대 무인들은 안색마저 하얗게 질린 채 뒷걸음질을 칠 정도였다.

무지막지한 일갈(一喝) 한 번으로 주변이 조용해졌다.

강비의 눈에 떠오른 것은 차가운 살의(殺意)였다.

"마기를 씌워 죽지도 살지도 못하게 만들어 놓은 놈들이 대장부니 마두니 하는 소리를 지껄이는 게 아니지."

"이, 이놈이!"

부웅.

겨눈 철봉이 정확하게 반승에게 겨누어졌다.

살기가 반승 한 명에게로 압축된다.

이미 타오르기 시작한 살기였다.

기파를 이어받아 송곳처럼 쏘아지는 살기에, 반승의 얼굴에도 질린 기색이 떠올랐다.

그냥 받기에는 지나치게 거센 살기였다.

"게다가 넌, 처음 봤을 때부터 마음에 안 들었어. 끼어들지 말아야 할 곳에 끼어들었으니, 네놈 말대로 고통스럽게 죽여 주겠다. 기대하고 있으라고."

예언처럼 들리는 말이었다.

듣는 이로 하여금 믿음을 갖게 해 주는 오묘한 힘이 있다.

반승의 얼굴이 점점 창백하게 변했다.

"이, 이놈! 감히 용곤문의……!"

파아아앙!

말조차 듣지 않고 뻗어 나가는 철봉.

극속의 신법, 눈 깜짝할 새에 반승의 전면에 도달한다.

놀란 반승이 거도를 쥐고 찍어 내렸지만 그 정도의 반응으로는 작정하고 휘두른 철봉을 막아 낼 수가 없다.

쩌어어엉!

"큭!"

대번에 튕겨 나가는 거도.

어깨가 뒤로 확 젖혀질 만큼 튕겨졌다.

엄청난 힘으로 몰아치는 철봉이다.

강비의 눈이 번쩍이는 빛을 발했다.

퍼버벅!

품으로 들어와 복부에 좌권(左拳) 삼 연격을 날린다.

반승의 거대한 몸이 절로 접히며 뒤로 날아갔다.

"커헉!"

뒤에 선 무인들 다섯 명까지 휩쓸어 버린 채로 날아갔다.

아예 끝장을 보려던 강비가 재차 짓쳐 드려 할 때였다.

쩌저저정!

본능적으로 봉을 휘돌려 후방에서 오는 공격을 튕겨 낸다.

강비의 눈이 살짝 찌푸려졌다.

'강한데.'

반승과 함께 나타난 두 명의 무인 중 한 명이다.

공격을 받아 냈는데, 받은 팔과 어깨까지 힘의 여파가 진동하고 있었다.

그만큼 힘과 경력을 제대로 쏟아부었다는 뜻이다.

쉽게 볼 수 있는 고수가 아니었다.

"대단한 젊은이군."

반승과 비슷한 나이. 펑키에 손에는 짧은 검이 들렸다.

거의 소검(小劍)에 가까운 길이었다.

하지만 검신(劍身)이 약간 넓고 두터워서 상당히 단단한 인상을 준다.

일검 참격에 그 정도의 힘을 담은 자라.

"천중검(天重劍)."

"날 아는가? 이거 기쁘군."

묘한 웃음을 짓는 자.

아니, 유명할 수가 없는 이름이다.

짧은 검을 휘두르는데 믿을 수 없을 정도의 괴력을 발휘한다는 검사였다.

저 멀리 강소성에 활약하던 고수로 명성만을 보자면 반승보다 한참이나 앞서 있는 검사였다.

이름조차 알려지지 않아 그저 천중검이라 불리는 검사.

강비가 헛웃음을 지었다.

"용곤문의 저력이 대단하긴 하군. 천중검도 용곤문 소속인가?"

"어쩌다 보니 그리 되었네."

"실력이 아깝군."

"말버릇이 제법 고약한 젊은이야."

"적으로 만났는데 존대할 이유가 없어."

"예의도 없고."

"계속 말장난 할 건가?"

"그건 아니지."

천중검이 검으로 강비를 겨누었을 때였다.

"잠깐."

"무엇이냐?"

"이것 때문에."

휘리리릭! 퍼버버벅!

순간적으로 몸을 휘돌려 철봉을 쏘아 낸다.

무지막지한 전사가 걸린 철봉이 철산대 대원 둘을 꼬치 꿰듯 뚫어 버렸다.

파바박!

거의 동시라 할 만큼 휘둘러진 검이었다.

일검 참격, 한 번의 검격으로 강비를 쪼개 버릴듯 내려치는 검압이 그야말로 엄청났다.

천중검.

하늘의 무거움을 담은 검.

별호 그대로의 검이었다.

터어어엉!

강비의 몸이 탄력적으로 우회하여 다른 철산대원의 멱살을 쥐었다.

이미 천중검의 검권을 완벽하게 벗어난 후였다.

천중검의 눈에도 놀라움이 서렸다.

설마 그런 움직임으로 자신의 검을 피할 줄은 생각조차 못한 듯싶었다.

"어억!"

찰나지간에 일어난 일이었다.

당황한 무인이 철곤으로 강비의 어깨를 노려 휘둘렀지만, 가볍게 젖히는 몸놀림 하나로 철곤의 움직임을 완벽하게 피해 낸다.

콰아앙!

멱살을 쥐고, 그대로 땅에 박아 버린다.

정수리부터 떨어진 무인이다.

단단한 땅에 목까지 박혔으니 살아남을 수가 없으리라.

파아아앙!

그때부터가 시작이었다.

절묘한 움직임으로 천중검의 검을 피하며 하나하나 철산대원들의 목숨을 취한다.

때로는 주먹으로, 때로는 발길질로, 때로는 말도 안 되는 괴력으로 확실하게 죽이고 있었다.

천중검의 얼굴이 붉어졌다.

아무리 수양이 깊은 무인이라지만, 이쯤 되면 흥분할 수밖에 없다.

마음먹고 내친 모든 검격이 허공을 갈랐다.

그것만으로도 기가 막힐 일인데 놈은 피하면서 철산대원들의 목숨까지 취하고 있었다.

열불이 날 수밖에 없었다.

"철산대는 모두 뒤로 물러서!"

그들도 바보가 아니었다.

이미 이쪽 영역의 싸움은 그들의 수준을 한참이나

상회한 것이었다.

구경한답시고 가까이 있으면 죽음을 면치 못한다.

하지만 강비는 그들의 후퇴를 눈 뜨고 구경할 생각
이 없었다.

"어딜!"

터어엉! 터어엉!

땅을 박차는 소리가 무척이나 경쾌했다.

마치 질 좋은 북을 차고 나아가는 듯했다.

콰드득! 콰직!

"크아아악!"

"피해!"

강비의 손속에 자비라고는 없었다.

잡히면 부러트리고 뜯는다.

범위 내에 있으면 주먹, 팔꿈치, 무릎까지 전신 백
타(白打)가 휘몰아치는데 일격을 막아 내는 자들이 없
었다.

일단 목표물이 정해지고 무공을 전개하면 그것으로
전투 불능 상태로 빠지게 된다.

압도적인 무력이었다.

천중검이라는 희대의 검사가 펼치는 모든 무공을

피해 내며 철산대를 근본부터 무너뜨리고 있었다.

장천과 옥인이 간 길로는 단 한 명도 보내지 않겠다는 의지였다.

모두 죽여서라도 후환을 남기지 않겠다는 독한 마음가짐이었다.

남은 철산대원들의 눈에는 서서히 공포가 차오르고 있었다.

냉정하게 다가와 목숨을 취하고 사라지는 강비, 사신(死神)처럼 보일 정도다.

각자가 수준 높은 무공을 익힌 무인임에도 피하기는커녕 막을 수조차 없었다.

"이놈! 거기까지 하거라!"

거센 일갈과 함께 파고들며 일검을 찔러 넣는 천중검이다.

'이건 어려워. 피해야 한다.'

판단은 순간이다.

강비의 몸이 앞으로 쏘아지다가 재차 옆으로 돌아갔다.

힘의 흐름이라는 게 있기 마련인데도 움직임의 유려함이 완벽에 가깝다.

치익.

검에 베인 옆구리.

의복이 베이고 살갗이 베였다.

그러나 얕다.

스친 것과 다름이 없다.

이 정도 상처는 가렵지도 않은 수준이었다.

'걸렸어!'

베인 방향 그대로 몸을 돌려 팔꿈치로 찍어 내린다.

가멸찬 일격이었다. 야왕신권, 일각추(一角錐)였
다.

쩌어어엉!

넓은 검신을 통해 막는 천중검이었다.

그 시점에서 공격이 들어올 줄은 생각 못한 듯 놀라
움이 서린 얼굴이었다.

'들어갔어!'

검신으로 막았지만, 제대로 막은 것은 아니었다.

팔꿈치로 후려친 검신이 아직까지 진동하고 있다.
휘두른 경력으로 인해 손목은 물론 어깨까지 타격이
갔을 것이다.

부우우웅!

소름이 끼치는 소리.

채찍처럼 후려치는 각법이었다. 막는다 해도 타격력 때문에 내상을 입을 듯하다.

천중검이 재빨리 몸을 뉘여 철기둥 같은 다리를 피했다.

좌아아악!

허공을 찢어발기며 지나간 다리 위로 몇 가닥의 머리카락이 너풀거렸다.

그러나 그것이 끝이 아니었다.

천중검의 검이 찔러 오고 강비의 몸은 때론 갈대처럼, 때론 굳건한 대나무처럼 절묘하게 움직이며 공수를 전환한다.

공격과 수비의 전환이 없음에도 그 자체로 완성이 된 무공이었다. 공격이 곧 방어요, 방어가 곧 공격이다.

소름끼칠 정도로 날카로운 무공을 구사하는데 일격만 허용해도 죽을 가능성은 충분하고도 넘쳤다.

천중검은 등허리에 식은땀이 나는 것 같았다.

'이놈은 도대체 누구냐?!'

정체를 알 수 없는 젊은이.

이미 봉술을 쓰는 것이 아니라 창술을 전문적으로 구사하는 자라는 것까지 파악해 낸 상태였다.

죽은 시체를 보고 봉술보다 창술에 익숙한 자라는 걸 알아낸 것도 천중검이었다.

한데 이게 뭔가?

'무시무시한 권법. 완전한 살인기(殺人技)!'

오로지 상대의 파멸만을 위해 만들어진 무공이었다. 창술도 창술이지만 이 권법의 살벌함은 또 달랐다.

근접박투의 완성형이었다.

멀리 떨어져 있다 한들 이름 모를 보법으로 파고들며 무공을 전개하는데 도무지 떨어지지가 않는다.

생각이 길었다.

전투에 집중만 해도 승리가 어려울 판에 정신까지 산란하니 승부의 추가 기울어지는 것도 순간이었다.

파바박! 쩌어엉! 쩌어어엉!

우박처럼 몰아치는 권격(拳擊)에 천중검의 팔뚝 의복이 모조리 터져 나갔다.

피할 수가 없어 막았는데, 막은 팔뚝의 의복이 폭발이라도 한 것처럼 뜯겼다.

한 번 수세에 밀리니 좀처럼 돌파구가 보이질 않는다.

그걸 그대로 봐줄 강비도 아니었다.

한번 압도를 시작하면 절대로 놔두질 않는다. 물어서 숨통을 끊어야만 하는 것이다.

파아아앙! 퍼어어억!

"크윽!"

발끝이 어깨를 스쳤는데 화끈한 느낌이 먼저 들었다.

'침투?!'

스치기만 했는데도 의복이 터지고 어깨에 시뻘건 자국이 생겼다. 제대로 맞았다면 어깨 하나가 통째로 박살 날 뻔했다.

한데 그것이 끝이 아니었다.

격렬한 경력이 어깨를 통해 내부로 침투했다.

무서울 정도로 공격적인 진기였다. 사전에 미리 대비하고 있지 않았다면 시간이 지날수록 어깨가 무거웠을 터다.

천중검의 검첨이 본능적으로 앞을 향했다.

콰아아앙!

막강한 검력이 강비의 좌측에서 터졌다.

피하지 못했다면 죽었다.

하늘의 무거움을 담은 검이라더니, 검의 경력이 엄청나게 무겁고 거셌다.

휩쓸렸다가는 목숨을 장담하지 못한다.

'하지만 내가 이긴다!'

타아앙! 타아아아아앙!

짧은 단타 이격이었다.

천중검이 휘두른 검이 허공을 베어 왔지만 발끝으로 검신을 두들겨 투로를 망가트린다.

엄청난 안법, 신기에 이른 각법이다.

'더 이상은 안 돼! 시간을 끌면 내가 불리하다!'

진짜는 아직 나오지도 않았다. 이런 식으로 시간을 끌면서 공력을 소모하는 건 바보짓이다.

강비의 몸이 쑥 꺼지며 귀신처럼 천중검의 바로 앞에서 나타났다.

'헉!'

검을 휘두르기에도, 주먹을 휘두르기에도 짧은 장소다.

서로의 숨소리를 바로 앞에서 들을 정도로 가까운

거리.

강비의 몸이 일순 반회전하며 전신에 힘을 발산했다.

쾨아아앙!

"크허어억!"

휠휠 날아가는 천중검.

삼 장이나 날아가 겨우 몸을 세웠지만 이미 몸의 절반이 피투성이였다.

완벽한 몸통박치기. 야왕신권 파산고(破山拷)였다.

천중검은 기가 막혔다.

몸통박치기. 고법(拷法)이다.

과거에 이런 무공이 버젓이 중원에 횡횡했다고는 들었지만 지금에 와서는 찾아보기가 불가능에 가까울 정도로 자취를 감춘 무공이다.

말이 좋아 몸통박치기지, 전신의 요혈을 있는 대로 보이면서 무공을 전개하는 수법이 어디 좋은 수법이라 할 수 있겠는가.

고법은 상반신 절반 이상의 요혈들을 모조리 개방하며 공격하는 극단적인 무공이었다.

한데 여기서 그걸 보게 될 줄이야.

"이만 좀 꺼져!"

부아아앙!

엄청난 기세로 날아든 강비가 주먹을 휘둘렀다.

평범한 주먹이지만, 빨랐다.

그리고 강했다.

검을 들어 주먹을 쪼개 버리려던 천중검이 일순 당혹스러운 표정을 지었다.

'움직이지 않는다?!'

콰아아앙!

"커헉!"

다시 한 번 뒤로 날아가는 천중검.

치명상이다. 손에 쥔 검까지 박살이 나서 주변으로 흩어졌다. 실상 죽지 않은 것이 기적일 정도로 막강한 일격이었다.

휘몰아치는 권경을 직격으로 맞았는데도 살아남았으니, 그의 강건함을 칭찬해야 할지.

강비는 신경조차 쓰지 않았다.

"이만 나와. 뒤에서 폼 잡지 말고."

이미 알고 있다는 투였다.

그러나 그런 강비의 눈 속에서도 한 줄기 긴장감이

드러났다.

후욱.

천천히 깔리는 기파.

먼지가 사방으로 뻗어 나가며 뿌연 광경을 연출했다.

천천히 걸어오는 것이, 중압감을 배가시킨다. 한 점 바쁠 게 없다는 발걸음이었다. 허리춤에는 검붉은 색깔의 철곤 한 자루가 매어져 있었다.

날카로운 눈빛에 꽉 짜인 기도.

강비가 피식 웃었다.

"괴수(魁首) 등장이시군. 설마 하니 직접 나타날 줄은 몰랐는데 말이야."

마주 보기 힘들 만큼 시린 눈빛으로 강비를 노려보는 자.

용곤문의 문주, 비정철곤 오강명이 여기에 있었다.

5.
투행(鬪行)

"건드려서는 안 될 것을 건드렸더군."

여유롭게 발하는 목소리 속, 차가운 광기가 휘몰아쳤다.

절제와 발산의 공존이었다.

그가 가진 기파처럼, 그의 목소리는 기묘한 데가 있었다.

개파식 당일 단상에서의 그때와 전혀 다르다.

같은 것이 있다면 압도적인 존재감 하나뿐.

이곳 영역 전체를 휘어잡는 기도였다.

그때도 대단했지만 막상 이렇게 보니 더 대단하다.

육신의 수련부터 내공의 정심함까지 어느 하나 부족함이 없는 자였다.

무공도 무공이거니와 살기를 드러냄에도 방심하지 않는 무인이라는 게 더 부담이다.

상대가 자신보다 하수일지언정 결코 허투루 보지 않는다.

일전 비사림의 광호라는 자 못지않게 까다로운 자였다.

"건드려서는 안 될 것이라…… 네 수양딸을 말하는 거냐?"

피식 웃으며 얘기를 꺼낸다.

강인하고 까다로운 상대였지만 여유를 잃지 않는 면에서는 강비라고 다른 것이 없었다.

설령 자신보다 한참 강한 상대일지언정 결코 몸을 굳도록 하지 않는 것, 백전을 치르고 얻은 경험의 힘이었다.

"신마주라는 거지같은 구슬 때문에 애 먹은 걸 생각하면 아직도 울화가 터진다. 그런 걸 수양딸 몸에 박아 넣을 생각을 하다니 네놈도 어지간한 놈이더군. 협(俠)에 목숨을 걸었다고 들었는데 이렇게까지 썩어

문드러졌을 줄은 몰랐지 뭔가.”

내용도 내용이지만 일단 상대에 대한 예의가 아예 없었다.

오강명의 눈썹이 한 차례 꿈틀거렸다.

“삼 년 동안 세상 참 좋아졌군. 까마득한 어린놈에게 이따위 험한 말을 듣게 될 줄은 생각도 못했거늘.”

“바랄 걸 바라야지. 나는 적에게 예를 갖출 정도로 성격이 좋질 못해. 하물며 멀쩡한 사람을 그 지경으로 만들길 주저하지 않는 개자식이라면 말할 것도 없겠지.”

오강명의 표정은 변함이 없었다.

그저 발산하는 기도가 살짝 일렁인 정도.

한순간 치솟던 화를 다스리는 모습이었다.

천인공노할 짓을 저질렀지만 확실히 보통 무인이 아니라는 생각이 들었다.

평정심을 잃어도 부족함이 없을진대 그걸 넘긴다.

보통 수양으로는 어림도 없는 일이다.

오강명이 허리춤의 철곤을 쥐어 꺼냈다.

“부릴 수 있는 사람은 많았어도 어째 널 잡기는 힘들어 보였다. 해서 무리하게 직접 온 거야. 과연 내

감이 맞았어. 내가 움직이지 않았다면 실패했을 가능성이 높았겠군."

삼 척이 조금 넘어가는 길이의 단봉(短棒)이 모습을 드러낸다.

검붉은 색깔이 혼탁해 보였다.

마치 피가 마른 것처럼 불길하기 짝이 없는 모습을 보이고 있었다.

오강명의 독문병기인 멸사곤(滅邪棍)이었다.

이십 년이 넘도록 그의 분신이 되어 무수한 악인들에게 징벌의 철퇴를 가했던 병기.

아직까지도 호광 일대에서는 전설처럼 회자가 되는 병기이기도 했다.

"삼 년 만의 싸움이 이런 식으로 벌어질 줄은 생각지 못했지만, 상관은 없겠지. 멀쩡한 개파식에 흉심을 숨기고 참여한 것도 모자라 내 딸을 납치한 무도한 행위. 그 목숨으로 갚거라."

첨예하게 일어나는 기도.

냉엄하게 가라앉았던 눈동자에 불이 붙은 것만 같았다.

넘실거리며 전신을 압도하는 기파가 지금까지의 어

떠한 고수들과도 차원을 달리한다.

일전 무당파, 현성진인의 무력이 절로 떠오를 만큼 대단한 존재감이었다.

하지만.

강비는 오강명의 기파에서 느껴지는 강렬함보다 그 질에 더욱 놀랐다.

'마기(魔氣)?!'

숨길 것도 없다는 식으로 뿜어내는 기세였다.

정명한 기운 너머로 느껴지는 마기가 시간이 지날수록 그 힘을 드러내는데 음습하고 거칠기 짝이 없었다.

'신경 안 쓰겠다 이거로군.'

비정철곤의 명성.

문주인 그가 마공(魔功)을 익혔다고 한다면 명성은 물론 개파한 용곤문의 기반 자체가 흔들릴 수 있다.

그럼에도 마기를 드러냈다.

말인 즉, 이 자리에서 무슨 수를 써서라도 강비를 죽이겠다는 의지나 다름이 없다.

강비의 눈이 오강명의 뒤를 훑었다.

살아남은 소수의 철산대 대원들이 보였다.

오강명이 온 순간부터 한결 놓았다는 얼굴들이었다.

'놈들은 이미 알고 있어.'

일개 대원들까지 문주가 익힌 무공이 무엇인지 알고 있다.

그렇다면 이미 용곤문 자체가 오강명의 휘하에 완전하게 장악되고 있다는 뜻과도 같았다.

'결국, 모조리 날려 버려야 한다는 뜻인가.'

꾹 주먹을 쥔다.

호천패왕진기가 전신을 휘돌며 은은하게 광채를 냈다.

"좋은 기도다. 어디, 네놈의 힘을 보겠다."

파아악!

후배의 선공을 받아 주겠다는 의도 자체가 없다.

그냥 일격에 죽여 버리겠다는 듯, 짓쳐 오는 속도와 기세가 놀라우리만치 빠르고 격렬했다.

강비의 몸이 좌측으로 반회전했다.

후우웅! 터엉!

일도양단으로 찍어 오던 멸사곤이 엄청난 탄력을 동반하며 옆으로 튀었다.

기가 막힌 힘의 전이였다.

자칫하다가는 어깨가 빠져 버릴 수도 있을 텐데, 전혀 그런 기색이 없다.

너무나도 자연스러워 초식의 일부로 보일 정도다.

쩌어엉!

손으로 막고 휘돌려 치는데 손이 부러질 것 같았다.

'놀라운 힘!'

철곤에서 뻗어 나가는 경력이 엄청났다.

한순간에 펼쳐 낸 곤법의 힘이라고는 말도 안 되게 거세다.

강비의 양 주먹이 한순간에 십이권(十二拳)을 내질렀다.

따다다당!

쾌속한 타법(打法), 일수유에 펼쳐진 연환격(連環擊)이었다.

'막혔어?!'

막았다.

그것도 한 손에 쥔 멸사곤으로 죄다 막아 냈다.

양손으로 펼쳐 낸 무공이 멸사곤 한 자루가 일구어 낸 방어를 뚫지 못했다는 것이다.

강렬한 위력만큼이나 그 속도 역시 범인의 상상을

초월해 있다는 뜻이었다.

'확실히 강하다!'

방어가 끝이 아니었다.

놀라운 움직임으로 양 주먹을 막아 내자마자 곧바로 공격이다.

공수의 조화가 물 흐르듯 자유로웠다.

뻗어 나오는 경력이 단숨에 강비의 심와(心窩)를 노려 왔다.

깨달았을 때는 늦다.

피할 수가 없었다.

무조건 막아 내야만 했다.

콰아앙!

강비의 몸이 무려 오 장이나 뒤로 튕겨져 날아갔다.

울컥, 피가 터져 나올 것만 같았다.

단 일격으로 보인 기가 막힌 한 수가 내장까지 흔들어 버린 것 같았다.

발경(發勁)의 묘미를 극한까지 살린 일격.

기파를 받았을 때 느꼈지만 확실히 자신보다 한 수 위라는 생각이 들었다.

이런 자유자재의 움직임을 아직까지 강비는 구사할

수가 없었다.

마공을 익혔다지만 이룬 경지 자체가 높은 자였다.

하지만.

'지지 않는다.'

막아 낸다는 생각으로 그쳐서는 안 된다.

이겨 낸다.

박살을 내겠다.

그런 의지로 나아가야 한다.

어중간한 의지를 가진 채 싸우기에는 가진 힘과 경험이 놀라운 자였다.

"그걸 막아 내?"

어지간히 놀랐다는 듯 눈을 크게 뜨는 오강명이었다.

"삼 년간 다져진 장형섬(裝炯閃)을 맨몸으로 막아 내는 자가 있을 줄은 진정으로 몰랐다. 그것도 까마득히 어린 후배가 말이지."

조금 전에 선보였던 힘의 이름이 장형섬인 모양이다.

강호에서 제법 이름을 알린 고수라 해도 일격을 허용하면 죽기에 충분한 경력이었다.

아직까지도 상체 전반이 삐걱거리고 있었다.

"후환을 생각했지만, 이젠 정말로 안 되겠어. 개인적인 사정을 떠나서 네놈은 위험해."

격렬했던 오강명의 기파가 일순간 진득해졌다.

끈적끈적한 기도.

눈에서 이는 불꽃은 살벌한 살기가 되어 영역 전체의 공기를 고조시켰다.

제대로 살심을 품었다는 증거였다.

"미안하지만……."

천천히 상체를 핀 강비의 눈에서도 불길이 쏟아진다.

마주 보는 두 남자 사이로 거친 바람이 불었다.

"죽을 놈은 너다."

충천하는 거센 살기의 태풍이었다.

파아아앙!

내상 따위는 아예 돌보지도 않겠다는 듯, 땅을 박차는 강비의 몸은 불가사의한 속도를 보이며 전면으로 쏘아졌다.

무지막지한 속도였다.

오강명 역시, 일찍이 본 바가 드문 속도에 적잖이

놀라하며 멸사곤을 재차 뻗었다.

철곤에서 느껴지는 육중함, 아예 경력의 기압(氣壓)으로 눌러 버리겠다는 의도였다.

'어딜!'

그의 양손에 야수의 그것처럼 바짝 세워졌다.

쫘아아아악!

기의 그물을 양손으로 죄다 찢어발긴다.

산중대왕, 호왕(虎王)의 발톱이었다.

보이지 않는 압력이 삽시간에 박살 나며 허공으로 흩어졌다.

오강명의 눈이 크게 뜨였다.

뒤이어 날아오는 포탄 같은 각법.

휘둘러진 멸사곤이 급한 움직임을 보였다.

허공에 철곤의 그물을 만들어 내 각법은 물론 후속타까지 허용하지 않으려 함이었다.

강비의 눈이 빛났다.

각법을 회수함과 동시에 대지를 향해 뻗어 낸 반대쪽 다리.

쾅아아앙!

일대가 지진이라도 난 듯 무지막지한 소음과 흔들

림을 동반했다.

엄청난 진각(震脚).

찍은 발로부터 시작된 금이 오강명이 선 곳으로 집중되어 깨져 나갔다.

한순간이나마 중심을 잃은 오강명, 재빠르게 자세를 세운 그의 눈에 보이는 것은 강철처럼 단련이 된 막강한 주먹이었다.

퍼어억!

세 걸음.

어떻게든 장(掌)을 펴 내 일권(一拳)을 막았지만 세 걸음을 뒤로 물러나서야 온전히 모든 힘을 흩어 낼 수 있었다.

'이놈이!'

손바닥이 나선으로 찢어져 있었다.

기를 극한으로 응축시키지 않았다면 막은 손바닥은 물론 어깨까지 통째로 날아갈 뻔했다.

무시무시한 무공이었다.

소름이 돋을 만큼 거센 무공에, 그에 못지않은 임기응변까지 갖춘 자였다.

어리다고 결코 만만하게 볼 무인이 아니라는 뜻이

었다.

강비의 공격은 거기서 끝나지 않았다.

터어엉! 터어엉!

연신 대지를 찍어 가며 품 안으로 들어오는데, 혀가
돌아갈 만한 움직임을 선보인다.

탄력이 극에 이른 몸, 벗어나기가 쉽지 않았다.

쩌엉!

몸놀림에 이어지는 권격(拳擊)은 포탄과도 같다.

번개처럼 강렬하고 바람처럼 자유롭다.

단타와 장타를 절묘하게 구사하며 혼을 쏙 빼놓고
있었다.

휘둘러지는 권법에 속도가 붙고 강렬함이 배가 된
다. 마주하기가 부담스러울 정도의 무공이었다.

'이런 놈이……!'

막고 피하는 오강명의 눈에 처음으로 흔들림이 보
였다.

딱히 방심하지 않았음에도 흐름을 찾기가 어려웠다.

어느 순간부터 상대의 움직임에 육신이 좌우되는
느낌이었다.

뻗어 내는 철곤과 신묘한 보법이 근본부터 삐걱거

리고 있었다.

상대로 하여금 빈틈을 끄집어내는 천부적 재능이
빛을 발하는 순간이었다.

강비의 무공은 단순한 강공(强攻)이 전부가 아닌,
일종의 투법(鬪法)이자 살법(殺法).

저잣거리 파락호의 막무가내 식은 아니었지만 어떠
한 싸움꾼 못지않은 기상천외함을 절제하지 않고 구사
했다.

한 수 위, 설령 두 수 위의 상대라 해도 찰나지간에
패배의 쓴잔을 강제로 마시도록 할 수 있는 능력이었
다.

'더 이상은 안 되지.'

분명 무서우리만치 강한 녀석이었지만, 질 수는 없
다.

강비가 이겨야 할 이유가 있다면, 오강명에게도 반
드시 이겨야 할 이유가 있었던 것이다.

냉정함을 되찾고 힘의 흐름을 잡아 내는 오강명이
었다.

점점 짙어지는 마기 속에서도 그의 눈동자는 강인
하기 짝이 없었다.

그의 눈에 온갖 선으로 이어지는 흐름이 보였다.

어느 하나 끊어 내기가 쉽지 않았다.

공격으로 들어오는 선(線)과 허실(虛實)을 구분할 수 없을 정도로 몰아치는 역도가 절묘함의 극치를 달리고 있었다.

젊은 나이에 어디서 이런 기가 막힌 격공을 배워 왔는지 놀라울 따름이다.

'여기!'

그의 철곤이 아래에서 위로 솟구쳤다.

쐐애애액! 퍼엉!

강비의 몸이 뒤로 서너 걸음 물러섰다.

양팔의 소매가 모조리 터졌다.

격한 무공을 주고받으며 드러난 결과였다.

재차 달려들고자 자세를 잡던 강비가 걸음을 멈추었다.

'제길, 끊겼다.'

어지간한 무인이라도 당황하여 스스로 무너질 만한 공격이었다.

한데 오강명은 그렇지 않았다.

그토록 몰리는 와중에도 냉정함을 잃지 않고 힘의

흐름을 끊어, 더 이상의 공격을 허용하지 않았다.

오강명의 눈이 다시없을 진지함을 발했다.

'반드시 죽여야 할 놈이다.'

무공도 무공이지만 싸움 자체에 이골이 난 놈이었
다.

자신보다도 강한 자를 거침없이 몰아친다.

자신의 기량 이상의 힘을 발산한다는 뜻.

그런 것은 하루이틀에 이루어질 수 있는 능력이 아
니다.

수없이 많은 전투경험과 천부적인 재능, 거기에 스
스로의 힘과 경지를 정확하게 꿰뚫어 볼 수 있는 안목
까지 지녀야만 가능하리라.

"남은 철산대 대원들은 납치범들을 쫓아라."

강비의 눈이 좁아졌다.

이것이다.

이것 때문에 천중검의 검을 피해 가며 놈들을 박살
낸 것이다.

'별 수 없지.'

오강명 하나에게 집중하기도 벅찬 상황이다.

천중검 때와는 아예 경우가 달랐다.

빠르게 나아가는 철산대의 무인들을 막아 가며 그와 싸우기에는 오강명이 이룬 무력이 지나치게 강렬했다.

'옥인, 천아, 뒤를 부탁한다.'

장천 한 명이라면 모르겠지만 옥인까지 있는 마당이다.

변수가 없다면 충분히 막아 낼 수 있으리라.

"자, 다시 해볼까?"

파아아악.

강비의 눈이 침중하게 굳어졌다.

오강명의 몸에서 발산되는 마기가 빠르게 짙어지고 있었던 것이다.

마주하기 부담스러울 정도로 짙은 마기.

아예 덩어리라 봐도 무방할 정도다.

'엄청나군.'

신마주의 초월적인 마기에 비하자면 손색이 있었지만 세상에 이 정도의 마기를 몸에 품은 자가 있다는 것도 놀라운 일이다.

더불어 그 무력, 구파의 장로 중에서도 고수 소리를 듣는 현성진인에 육박한다면 단순히 대단한 수준을 넘어선 것이다.

'이제부터가 진짜다.'

강비의 눈에 긴장감이 맴돌고.

오강명의 발걸음이 대지를 찍으며 돌진을 감행했다.

콰아앙!

*　　　　*　　　　*

"놀라운 일이다. 실로 놀라운 일이야."

비인(非人)의 분위기를 자아내는 삼십대 장한의 목
소리는 어딘지 모르게 공허했다.

그의 시선이 전면을 향했다.

두 눈을 감은 여인.

천하절색의 용모이나 당당하게 선 모습이 대단한
기개를 발하고 있었다.

그녀의 손에서 서너 장의 부적이 바람결에 휘날렸다.

"용곤문에서 은신부의 술력을 느끼긴 했지만, 진정
으로 너일 줄은 몰랐다."

벽란의 입가가 올라갔다.

비웃음에 가까웠지만 어딘지 모르게 애잔함이 엿보

이는 미소였다.

"저도 설마 초혼방의 광혼단주(狂魂團主)께서 예까지 오실 줄은 몰랐네요."

광혼단주.

초혼방 소속, 각 영역에서 일가(一家)를 이루어 독보적인 힘을 갖춘 술법사들이 혼주(魂主)라 불린다면, 단주(團主)들은 지닌 술법을 실질적인 무력으로 방출해 내는 고위직이라 할 수 있었다.

그중에서도 광혼단주라면 술법과 약학(藥學)을 접목시켜 마물(魔物)을 만들어 내는 데에 능하고 강신(降神)에 대한 지식과 힘이 대단하다고 알려진 이였다.

"용곤문에 광혼단주…… 묘한 냄새가 나는데요?"

"이미 짐작하고 있겠지. 신마주까지 탈취하여 갔으니 대강 짐작은 할 것이다."

"앙신귀장을 만들 셈인가요? 아니면 초월적인 강신술을 행할 생각이었나요?"

광혼단주의 눈이 커졌다.

"네가 어찌 앙신귀장까지 알고 있었더냐? 혹, 방주의 서재에 들었던가?"

"술가(術家)에 몸을 담은 자, 모를 수 없는 존재죠. 굳이 문헌을 뒤지지 않아도 짐작할 수 있어요. 게다가 신마주까지 동원되었는데, 지역 하나를 초토화시킬 게 아니라면 강시일 가능성이 높겠죠."

"과연 그 나이에 십대혼주로 발탁이 될 만큼의 천재성이다. 지식이나 술법에 모자람이라곤 없구나."

절로 찬탄이 나온다.

초혼방의 역사를 뒤져도 스물이라는 나이에 혼주가 되었던 이는 없었거늘 과연 그럴 자격이 있는 사람이란 생각이 들었다.

그래서 더욱 안타까웠다.

한때나마 같은 길을 걸었던 동지였던 사람을 적으로 마주하는 것은 어떤 영역에서든 불편한 일이다.

더군다나 서로를 존중했던 사이라면 더 말할 것도 없으리라.

"묻겠다. 이대로 그저 돌아갈 생각은 없는가."

"날 보고도 그냥 보내 준다면 위에서 문책이 있을 텐데요. 그런 것도 상관하지 않겠다는 뜻인가요?"

"우문(愚問)이다. 가는 길이 다르다 하나 일문(一門)에서 수학한 사이였어. 내 정도(正道)를 지향하는 사람은 아니지만, 그저 모두를 적으로 인식하는 성향의 남자는 아니다."

"틀렸어요."

"뭐라?"

"난 당신의 적이 맞아요. 내 목표는 초혼방주, 한때 내 스승이었던 자의 목숨이니까요."

스승의 목을 노리겠다.

이만큼이나 놀라운 말을 듣게 될 줄은 상상도 못했던 광혼단주였다.

"그게 무슨……?!"

"자세한 사정을 말할 순 없어요. 다만 이대로 물러난다면 나 역시 조용히 사라지겠지만, 과연 당신이 그럴 수 있을까 의문이네요."

그럴 수는 없는 일이다.

그저 스스로 정한 목표가 있기에 방을 나선 줄 알았거늘, 설마하니 방주의 목숨을 노리고 있었다니 상상도 못했다.

광혼단주의 기도가 출렁임을 발했다.

"그것이 사실인가!"

"맞아요."

"도대체 어찌하여?!"

"말했죠. 정확한 사정을 말할 순 없다고. 그저 초혼방주와 나는 같은 하늘을 지고 살아갈 수 없는 사이라는 것만 말해 드릴 수 있어요."

벽란의 손에 잡힌 부적들 중 한 장이 허공으로 솟았다.

신비한 광경.

솟은 부적 주변으로 시퍼런 인화(燐火)가 맴돌았다.

언뜻 보아도 그 신비함만큼이나 위험할 것 같은 불길이었다.

광혼단주의 입에서 신음성이 흘렀다.

"상천화부(上天火符)의 술(術)……. 청린마화(靑燐魔火)라니, 진짜로 할 생각이로구나."

흔히들 부적술이 잡기(雜技)라고 생각하는 이들이 많다지만 그것도 정도가 있는 법이다.

한 장의 부적에 의념(意念)을 싣고 천지 간의 기(氣)를 부여하며, 현실에 글자 그대로의 조화를 구현할 수 있는 경지라면 인간의 경지를 벗어났다 해도 과언이 아니다.

"그래, 그렇게까지 온다면 이쪽도 어쩔 수 없겠지."

광혼단주의 눈이 냉정한 빛을 발했다.

동료일 때는 누구보다도 다정하고 든든한 남자이지만, 적으로 돌아선다면 누구보다도 까다로운 존재가 그다.

마주하는 벽란의 얼굴에도 신중함이 가득했다.

"이제부터 너를 초혼방의 대적(大敵)이라 생각하고 전투에 임하겠다."

"영광입니다."

"광혼단(狂魂團)은 암형술진(暗形術陣)을 펼쳐라."

후우웅.

광혼단주의 뒤에 거하던 다섯 명의 술사들이 빠른 속도로 벽란을 에워쌌다.

빠른 움직임이었다.

무인들의 보법(步法)도 아니건만 움직이는 속도가 타의 추종을 불허한다.

다섯 술사들의 손에는 각기 기이한 형태의 단봉(短棒)이 들렸다.

서너 가지의 오묘한 빛깔이 공존하는 단봉 끝에는 자그마한 구슬도 달려 있었다.

광혼단의 술사들이 쓰는 법구(法具)였다.

본인의 술력을 증폭시키는 효능은 물론 그 자체로서도 하나의 병기가 될 수 있는 무구이기도 하다.

'암형술진.'

초혼방에서도 난적을 상대할 때 쓰는 고위 진법.

그 안에 갇힌 자, 어둠 속을 헤매다 자멸을 면치 못하리라.

하지만.

'고작 이걸로는 날 막지 못해.'

광혼단주라고 그걸 모를 리 없다.

'직접 상대할 힘을 모으겠다는 뜻.'

일대일의 대결 따위는 애초에 염두에 두지 않는다.

오로지 적의 파멸만을 위해 달려간다.

광혼단주의 전신에서 기이한 아지랑이가 피어올랐다.

'속전속결.'

생각이 일자 벽란의 손을 떠난 부적에서도 일순 화려한 불꽃이 피어올랐다.

세상을 태워 버릴 화염이었다.

그 무지막지한 화력(火力)에 진을 구축하던 다섯 술사들이 본능적으로 몇 걸음 물러섰다.

마주하여 감당하기에는 지나치게 강렬한 화기(火氣)

였다.

'소(掃).'

허공을 유영하던 화염의 파도가 원을 그리며 퍼져
나갔다.

푸른 불꽃, 화력의 정점.

물러서는 다섯 술사들의 입에서도 평범한 이들이라
면 알아들을 수 없는 기괴한 주문이 흘러나왔다.

퍼어엉!

벽란의 주변 일대가 초토화되는 건 순식간이었다.

눈을 뜰 수 없는 열기가 일대를 덮는다.

바닥으로 튄 청염으로 인해 땅까지 녹고 있었다.

다섯 술사들이 허공에 투명한 막을 만들어 불꽃의
투입을 막았지만, 그들 얼굴은 이미 붉게 달아올라 있
었다.

무지막지한 힘에 대항하기 위해서 극한까지 힘을
끌어 올리고 있는 것이다.

광혼단주의 얼굴도 한껏 굳어졌다.

'무시무시하다. 지난 몇 달간 어떤 일이 있었기에
이런 힘을 구사한단 말인가.'

과연 초혼방 역사에서도 쉬이 찾아보기 힘든 천재

중에 천재라더니, 기가 질리는 부적술이었다.

상당한 경지에 이른 술사 서너 명 모인다 한들 펼쳐낼 엄두를 못 내는 상천화부의 술.

부적 하나에 실어 이만한 화력을 낼 정도다.

혼주의 칭호를 받기에 부족함이 없다.

'전력을 다해야겠어.'

광혼단주의 손에도 단봉 한 자루가 들렸다.

다섯 술사들이 든 단봉보다 짙은 보광(寶光)이었다.

한눈에 봐도 보통 법구가 아닌 것처럼 보인다.

휘몰아치는 청색의 화염 너머로.

광혼단주의 눈에서 강렬한 광채가 뿜어졌다.

"갈(喝)!"

후우웅.

일순 주변을 뒤덮는 안개.

안개는 안개이되, 시커먼 안개였다.

느닷없이 퍼지는 안개가 다섯 술사들은 물론 벽란의 화염까지 뒤덮었다.

대단한 술법, 놀라운 능력이었다.

한 번의 주(呪)조차 외우지 않은 상태로 이만큼의 광범위한 술법을 구사한다는 것, 광혼단주의 능력 역

시 벽란처럼 인간의 경지를 넘나들고 있다는 뜻이었
다.

"암혼(暗魂). 괴운(怪雲). 금뢰(禁雷)."

퍼진 안개는 어느 순간 먹구름으로 화했다.

어두운 하늘을 통째로 옮겨놓은 것 같았다.

광혼단주의 입에서 빠른 속도의 주문이 흐른다.

"집멸(集滅)!"

콰콰쾅!

먹구름 속.

광혼단주의 외침과 동시에 엄청난 전광(電光)이 휘
몰아쳤다.

천둥번개를 땅 위에 그대로 구현해 내는 능력, 그야
말로 하늘이 놀라고 땅이 놀랄 조화였다.

화아악!

다섯 술사들이 먹구름 속에서 유연한 몸놀림으로
빠져나왔다.

한순간이나마 번개가 몰아치는 곳에 있었음에도 털
끝 하나 다치지 않은 듯했다.

광혼단주의 눈에 안쓰러운 빛이 흘렀다.

'이왕 이리 된 것, 고통 없이 보내 주는 것이 최선

이리라.'

어쩔 수 없는 일, 일문(一門)의 성화를 위해서라면 한때 동문수학 했던 사이더라도 충돌을 피하지 않는다.

지닌바 술법만큼이나 광혼단주의 심력 역시 단단한 바위와도 같았다.

그러나 그의 생각은 거기서 그쳐야만 했다.

파아악!

네 개의 부적이 각기 방위를 짚으며 먹구름을 뚫고 빠져나왔다.

광혼단주의 얼굴에 의아함이 맴돌고.

먹구름 속에서 낭랑한 외침이 터져 나왔다.

"사방금기(四方金氣) 만철과로(卍鐵過路)!"

우우웅! 찌이이이잉!

사방위로 퍼진 부적들에 희미한 회색빛 광채가 어리며 각기 한 방향으로 빛이 뻗어 나왔다.

뻗은 빛이 다시 한 번씩 방향을 틀며 중앙 접점에서 만나 만(卍)자를 형성했다.

찰나지간 펼쳐졌음에도 장관이라는 생각이 절로 들 만큼 신비로운 광경이었다.

콰지지직!

광혼단주의 눈이 크게 흔들렸다.

만자를 형성한 빛무리를 타고 먹구름 속에서 요동치던 번개들이 부적으로 치달렸다.

그 안에서 처절한 파괴술을 감행해야 할 모든 뇌기(雷氣)가 금기(金氣)를 머금은 사방의 부적으로 빨려들어간 것이다.

번개가 철에 전도되듯 뇌기는 금기에 전도된다.

그것을 극한으로 응용하여 자신에게 몰아칠 번개들을 네 개의 부적으로 몰아넣은 것이다.

죽음 직전에서도 발휘되는 냉정한 판단력.

천재적인 응수.

술법의 능력만큼이나 심력이 깊은 것은 비단 광혼단주만이 아닌 것이다.

놀라움은 그것으로 끝나지 않았다.

번쩍이는 전광(電光) 속에서 벽란이 솟구치듯 떠올라 손가락으로 광혼단주와 다섯 술사들을 가리켰다.

"파운(破雲), 역수(逆水)."

응집된 거대한 먹구름이 빠른 속도로 흩어지며, 놀랍게도 광혼단주와 술사들을 둘렀다.

두른 먹구름 속.

일순간 습기가 급속도로 올라가며 수를 헤아리기 힘든 물방울들이 그 속에서 각기 춤을 추었다.

인세에 보기 드문 광경이었다.

"금뢰(禁雷)."

벽란의 전신에 위험한 광채가 어리고.

광혼단주의 눈에 경악이 어렸다.

'설마!'

그녀의 아름다운 입술에서 이전 광혼단주가 발한 바 있었던 묵직한 음성이 흘러나왔다.

"집(集). 멸(滅)."

콰르르릉!

먹구름 주변으로 무지막지한 번개가 휘몰아쳤다.

  *   *   *

"쿨럭."

한 바가지의 피를 토한 강비가 슬쩍 오강명을 바라보았다.

강비의 몸 상태만큼이나 오강명의 상태도 좋아 보이지 않았다.

여기저기 뜯기고 찢어진 옷자락은 둘째 치고서라도 얼굴은 창백했고, 코와 입에서는 선혈이 묻어 나왔다.

그러나 치떠진 두 눈에 어린 위험한 광망은 줄어들지 않았다.

오히려 이전보다 더 진득한 살기를 발한다.

강비의 눈이 오강명의 몸을 훑었다.

찢기고 터진 살가죽이 빠른 속도로 아무는 게 보였다.

인세에 다시 일어나기 힘든 기사(奇事)였다.

조개처럼 벌린 상처가 천천히 닫히면서 출혈마저 멎고 있었다.

그럴수록 오강명의 몸에서 흐르는 마기의 농도는 짙어져만 갔다.

'마공. 그것도 극상승의.'

지금은 찾아보기 힘들지만, 한 세대 전만 하더라도 강호에는 기괴한 마공을 익힌 마인들이 상당수 날뛰었다고 들었다.

그들은 심장을 가루로 만들거나 목을 완전히 몸에서 떼어 내지 않는 이상 거의 불사(不死)에 가까운 치유력을 가져 상대하기가 굉장히 힘들다는 얘기가 있었다.

오강명이 익힌 마공도 그런 부류인 듯, 외상이 아무는 속도가 엄청나게 빨랐다.

'하지만 내상은 낫지 않아.'

외상은 어떻게든 치유가 되고 있지만 내상의 수복력은 빠르지 않은 것 같았다.

증폭되는 마기 속, 불안정한 흐름이 읽힌다.

이것은 무엇을 뜻하는 것인가?

'완전하지 않은 마공.'

반쪽짜리 마공이다.

마공 중에서도 대단한 수준의 마공이지만 완전한 마공은 아니라는 뜻이다.

어느 한쪽에게 영향을 주는 바는 같다 하나, 보통의 내가고수(內家高手)라면 내상이 호전되면서 중심이 잡히고 난 이후라야 외상도 활발하게 치유가 되는 법.

외상은 이토록 빠르게 아물면서 내상은 그대로라니, 어딘가 문제가 있지 않고서야 이런 희귀한 일이 벌어질 리가 없다.

하지만 오강명에 대한 위험도가 낮아지는 건 아니었다.

오히려 끝장을 보자는 듯 기세를 높여 가는 모양새

가 실로 살벌함의 극치였다.

강비 역시 같은 마음이었다.

'길게 끌면 불리한 건 나다.'

체력으론 자신이 있지만 문제는 내공이며, 실력이다.

그가 갈고닦은 내공은 굉장히 정순한 것이었지만 오강명이라는 무인의 기량 앞에서는 부족한 바가 있었다.

더군다나 옥인과 장천을 뒤쫓기 위해 나아간 놈들역시 처리를 해야 한다. 둘을 믿지만, 세상에 위험은 언제 어느 때에 벌어질 줄 모르는 법이다.

'세 합. 세 합으로 끝낸다.'

마음을 먹자 그의 몸에서도 오강명에 못지않은 기파가 터져 나왔다.

거기에 살기와 투기(鬪氣)까지 섞이자 그야말로 위압감이 절정에 달한다.

오강명의 냉정한 얼굴에도 미소가 어렸다.

"이런 승부, 참으로 오랜만이다. 가능하다면 더 길게 끌고 싶었지만 여기까지로군."

무슨 속셈인지 알 수 없으나 그에게서는 아직 강자

와의 대무(對武)에 대한 호승심이 강렬한 것 같았다.

최소한 무인의 마음가짐을 전부 내다 버린 건 아니라는 뜻이다.

강비의 입가에도 비슷한 미소가 어렸다.

"긴말 할 것 없겠지."

"네 말이 옳다. 와라."

두 절정의 무인이 서로를 향해 위험한 살수를 전개하려던 순간이었다.

휘이이익! 퍼어어억!

무시무시한 뭔가가 쏘아지며 둘 사이에 꽂혔다.

제 기량을 온전히 발휘할 수 있는 상황이라면 모르되, 내외상이 심각한 지금의 둘로서는 무시할 수가 없는 공격이었다.

둘은 재빠르게 뒤로 물러서서 떨어진 물건의 정체를 바라보았다.

'타구봉(打狗棒)?!'

개를 때려잡는 몽둥이.

희학적인 이름이 붙은 몽둥이지만, 그것을 휘두르는 작자들은 결코 무시할 수 없다.

단순히 무시할 수 없는 것을 넘어서서 이 드넓은 강

호, 열 개의 기둥 중 한 자리를 차지하고 있는 방파의 주력병기인 만큼 누구도 그 앞에서 자신감을 내보이기 힘들다.

저 멀리서 나타난 일단의 무리들.

강비의 입가에 피식 웃음이 새어 나왔다.

"생각지도 못한 지원군이로군."

삼십여 명에 달하는 거지들 사이로 한 명의 중년인이 모습을 드러냈다.

고아한 학자와도 같은 얼굴.

부드러움과 날카로움이 공존하는 눈매가 오연하게 두 절정고수를 내려다보고 있었다.

"빠르진 않았지만, 아주 늦지도 않은 것 같군."

담담하게 말하는 목소리에서는 묘한 즐거움과 현기가 묻어 나왔다.

정보제일 개방.

광견단을 맡고 있는 장로.

선풍개가 이곳에 나타난 것이다.

오강명의 몸에서 흐르는 마기가 살짝 출렁임을 발했다.

강인하고 진중한 그였지만 이런 사태에서 당황하지

않을 수 없었던 것이다.

"이보게, 놀라운 젊은이. 자네는 어서 일행을 쫓아서 가시게. 여기 이 위대하고 강건하신 용곤문주는 우리가 잘 대접해 드림세."

부드러운 말이었지만 실로 범상치 않은 내용을 담고 있다.

천하의 오강명을 상대하겠다는 말이다.

"수고를 끼쳐 드리게 되었소."

"수고는 무슨. 고생은 자네들이 다 했지. 우리는 옆에서 거들어 준 것밖에 없잖나. 그래도 천하의 개방인데 이 이상 조력자로만 머무르기에는 자존심이 용납치 않아."

"그럼, 뒤를 부탁드리겠소."

"나중에 사람을 보내겠네. 일의 전황과 그 여인의 정체부터 용곤문에 대해 알아낸 모든 것, 전부 토해내게. 짤랑짤랑 다 받아먹어 줄 테니."

위급한 상황이지만 장난기를 잃지 않는다.

강비의 미소가 짙어졌다.

"그러겠소."

"시간이 없네. 어서 가게나."

파바박!

강비의 몸이 오히려 오강명과 선풍개를 지나쳐 앞으로 향했다.

벽란에게 향하는 것이다.

선풍개는 스쳐 가는 강비를 쳐다도 보지 않은 채, 오강명에게로 시선을 집중했다.

"천하의 용곤문주 비정철곤 오강명을 이런 식으로 대면하게 되는군. 반갑소이다."

"선풍개인가."

"그렇소."

오강명의 눈에 위험한 빛이 어렸다.

넘실거리는 마기.

위급함, 당황스러움, 살기, 분노 등 온갖 감정이 섞인 마기는 공포스럽기만 했다.

선풍개는 물론 삼십여 명의 개방도들 표정이 전부 굳어졌다.

"거지들이 끼어들 판이 아닐 텐데."

"거지들이 끼어들지 못할 판은 세상천지에 없소. 그리도 흉악한 마기를 뿌리며 기괴한 수작을 부리려는데 궁금해서 참을 수가 있어야지."

"그렇지 않아도 박살을 내려 했지만 이제는 정말 안 되겠어. 네놈들을 시작으로 천하의 모든 거지들의 사지를 잘라 개먹이로 주마."

"수가 너무 많아서 몇 백 년 걸릴 텐데, 괜찮겠소?"

이 와중에도 여유롭다.

확실히 선풍개는 보통 인물이 아니었다.

"하기야 그전에 살아 나가는 것부터가 문제겠지."

천천히 걸음을 옮기는 선풍개.

그의 등 뒤에서 타구봉을 꺼낸 채 다가오는 개방도들의 몸에서도 물씬, 전투적인 분위기가 피어올랐다.

"용곤문에서 상당한 고수들을 주변에 파견했더군."

오강명의 몸이 멈칫했다.

"그걸 네놈이 어찌?"

"개방의 정보력을 우습게 보지 마시오. 개방의 눈은 천하 각지에 뻗어 있소."

의미심장한 말이었다.

선풍개의 여유는 그대로였지만 말을 들은 오강명마저 여유로울 수는 없었다.

"그들을 어떻게 했나."

"확실히 머리가 좋소. 이야기 상대로 부족함이 없

어. 그렇다면 이 뒤에 내가 할 말도 이미 알고 있지 않소?"

"……전부 죽였군."

"몇몇을 때려잡기는 했지만 전부는 아니오. 상당수의 고수들을 생포했지. 저항이 보통 거센 것이 아니었소."

타다닥!

삼십여 명의 개방도들이 순식간에 오강명을 포위했다.

일순간 타오르는 전투의 공기.

개방의 전설적인 전투진법(戰鬪陣法), 삼십육로타구절진(三十六路打狗絕陣)이 펼쳐진 것이다.

"자, 이제 대화는 그만하고 슬슬 놀아 봅시다."

〈『암천루』 제4권에서 계속〉

암천루

1판 1쇄 찍음 2015년 4월 13일
1판 1쇄 펴냄 2015년 4월 16일

지은이 | 산수화
펴낸이 | 정 필
펴낸곳 | 도서출판 **뿔미디어**

편집장 | 이재권
기획 · 편집 | 윤영상

출판등록 | 2002년 9월 11일 (제1081-1-132호)
주소 | 경기도 부천시 원미구 소향로 117번길(두성프라자) 303호 (우)420-864
전화 | 032)651-6513 / 팩스 032)651-6094
E-mail | bbulmedia@hanmail.net
홈페이지 | http://bbulmedia.com

값 8,000원

ISBN 979-11-315-6366-3 04810
ISBN 979-11-315-6313-7 04810 (세트)

http://www.bbulmedia.com